Z'azImut

Un os dans le rosbif

• SIX HISTOIRES DE PIRATES •

EDITIONS FLEURUS

Éditions Fleurus, 15/27, rue Moussorgski - 75018 Paris

Collection dirigée par Christophe Savouré
et animée par Evelyne Demey et Emmanuel Viau

Direction artistique : Danielle Capellazzi
Édition : Françoise Ancey

2e édition
Dépôt légal : avril 2001
ISBN : 2 215 05142-6

Loi n° 49-956 du 16 juillet 1949 sur les publications destinées à la jeunesse.

Sommaire

Un os dans le rosbif

de Barbara Castello et Pascal Deloche
illustré par Bruno Bazile

Aujourd'hui, c'est le plus beau jour de ma vie. Mon petit cœur bat comme une salve de canon un jour d'abordage. Je n'arrête pas de tourner en rond telle une boussole qui aurait perdu le nord. Car mes amis, dans quelques heures, je me marie. Et pas avec n'importe qui... L'élue de mon cœur est une princesse. Elle est belle comme un coucher de soleil sur un os à moelle.

La première fois que je l'ai vue, je me suis dit : « Sacré nom d'un chien, cette fille a du chien ! »

Mais oublie-la, elle n'est pas pour toi. C'est vrai, une princesse qui épouse un pirate, ça n'existe pas.

Comment je l'ai rencontrée ? Oh, c'est une longue histoire… Mais puisqu'il me reste deux heures avant la cérémonie, je veux bien la raconter.

Je m'appelle Calva. Je suis pirate. Je suis né en l'an de grâce 1615. J'ai cinq ans et toutes mes dents. J'ai perdu une patte lors de l'attaque d'un galion espagnol dans la mer des Caraïbes. Mon maître s'appelle Vendredi 13. Il n'arrête pas de me dire que j'ai un caractère de chien. Rien de plus normal, j'en suis un.

– Crapette ! Tu as vu, Calva ? jubila Vendredi 13 tout en abattant ses cartes sur le dessus du tonneau qui lui servait de table.

Je remuai la queue pour lui faire plaisir, mais à vrai dire le cœur n'y était pas.

Cela faisait près de trois semaines que nous croisions dans les mers du Sud. Et pas l'ombre d'un navire à se mettre sous les crocs. Je commençais à en avoir ras les oreilles de voir du bleu partout. J'étais si bien sur notre île…

Là-bas, la vie était douce comme une caresse. Les belles vahinés m'adoraient. Quand elles ne me donnaient pas les plus beaux os, j'avais toujours droit à une petite gratouille sous le museau. Mon maître en était parfois jaloux. Ridicule ! Car le vrai héros, c'était lui. Tous les indigènes le vénéraient. Il était bon et généreux avec tout le monde. À chaque retour d'expédition, il leur distribuait la majeure partie de son butin. On faisait la fête pendant des jours et des nuits. En un mot, c'était le paradis.

Quand il a décidé de repartir sur les flots, je savais que le bon temps était fini.

– Mes amis, les caisses sont vides, avait-il dit à son équipage. Il est grand temps de mettre les voiles. Départ dans deux jours.

– À vos ordres, capitaine ! avaient-ils répondu comme un seul homme.

Notre brigantin, un petit navire à deux mâts, fut rafistolé tant bien que mal, et nous larguâmes les amarres sous des flots de fleurs que nous lançaient des beautés à la peau cuivrée.

Depuis, c'était le calme plat. La routine en quelque sorte. Tord-Boyaux, le quartier-maître, passait ses journées à faire du jus d'orange. C'était sa boisson favorite depuis qu'il avait décidé de noyer le rhum et le ratafia au fond de ses souvenirs. Chaque matin, nous avions droit à la même rengaine :

– Le jus d'orange, c'est l'ennemi du scorbut. Et le scorbut, c'est l'ennemi du marin ! claironnait-il en levant son gobelet sous le ciel chauffé à blanc. Allez, Calva, aux pieds !

Moi, je faisais semblant de ne pas l'entendre. Je baissais la tête et allais vite me blottir près du mât de misaine. Je n'ai rien contre le jus de fruit ! Ce n'est pas aussi fin qu'un bon jus de viande, mais il faut goûter à tout.

Non, le vrai supplice, c'étaient les pieds de Tord-Boyaux. Pourtant, je ne suis pas un toutou à sa mémère. J'ai pas mal bourlingué. Des pieds, j'en ai reniflé dans ma vie de chien. Mais ceux de Tord-Boyaux dégageaient un fumet à faire fuir un régiment de vermines.

Malgré ses pieds, Tord-Boyaux n'était pas un méchant homme. Son visage, boucané par le soleil et l'air marin, était aussi ridé qu'une vieille pomme. Navigateur hors pair, il avait sillonné toutes les mers du globe. C'était d'ailleurs pour cela que mon maître l'avait engagé un soir, dans une taverne du port de Valparaiso. Toujours de bonne humeur, il passait le plus clair de son temps à rire, pour le plus grand malheur de tous. Croyez-moi, se trouver truffe à truffe avec deux vieux chicots égarés au milieu d'une bouche pestilentielle, ce n'est pas appétissant !

Mais les pieds et les chicots de Tord-Boyaux n'étaient rien comparés à La Pipelette. Un perroquet vert et rouge qui ne quittait jamais Tord-Boyaux. Quelle sale bestiole ! Elle et moi, nous n'arrêtions pas de nous regarder en chien de faïence. Elle passait son temps à m'épier et à cafeter quand l'envie me prenait de faire pipi contre un mât. Je savais bien que c'était interdit par le règlement... Mais que voulez-vous, lever la patte dans le vide, ce n'est pas toujours facile, surtout quand elle est en bois. Et là, à chaque fois, l'épouvantable volatile se mettait à hurler de sa voix de crécelle :

– Calva a fait pipiiii. C'est interdiiiit !

Son cri perfide et strident me vrillait les tympans. À mon tour, j'aboyais de toutes mes forces et tentais de lui voler dans les plumes. Le plus souvent, mon maître était obligé de s'en mêler :

– Tord-Boyaux, demande à cet oiseau de malheur de fermer son bec ! Sinon, ton perroquet finira à la casserole. Allez, viens mon Calva. Bon chien.

Là, c'était le bonheur... Je léchais les mollets de mon maître avec reconnaissance. Je remuais la queue en enfouissant mon museau dans le creux de sa poitrine. Il sentait bon, lui. Il était beau, il était intelligent. Un peu comme moi.

Quand je le regardais, j'étais subjugué par son élégance et sa beauté. Grand, musclé, il portait toujours une chemise à jabot ouverte sur son torse bronzé. Son pantalon corsaire était retenu par une large ceinture de soie rouge dans laquelle il avait glissé un mousqueton anglais. Ses longs cheveux bruns et bouclés étaient attachés par un catogan noir qui flottait au vent les jours de bourrasque. Quand il m'embrassait, j'aimais sentir contre ma truffe sa fine moustache qu'il entretenait avec soin.

Il avait tout pour plaire.

Il n'avait qu'un défaut. Terrible.

Il n'avait pas de chance.

Depuis sa plus tendre enfance, il collectionnait les coups du sort. Fils cadet d'une famille d'aristocrates bretons, son destin était tout tracé. Il allait devenir prêtre. Enfant docile, Charles de Ploudalmazeau, tel était son nom, entra au séminaire. Mais un jour, quelqu'un vola un crucifix en or orné de pierres précieuses. Mon maître, qui était venu prier en pleine nuit dans la petite chapelle, fut aussitôt accusé du vol. Il fut condamné aux galères à vie. Ce triste événement eut lieu un vendredi 13, d'où son surnom.

Près d'un an après sa condamnation, la galère fut arraisonnée par un navire pirate au nord des côtes de Cuba. Ce fut pour mon maître le départ d'une nouvelle vie.

Donc, ces trois semaines en mer s'écoulaient au rythme de mes querelles avec La Pipelette et des parties de crapette entre Tord-Boyaux et mon maître.

Allongé à l'ombre d'une voile, je me laissais bercer par le roulis et le cri des mouettes quand soudain :

– Navire à bâbord, capitaine !

Perché en haut du mât, le mousse, que l'on appelait Ouistiti en raison de sa souplesse, avait hurlé à s'en décrocher les poumons.

Immédiatement, je sautai sur mes pattes et courus rejoindre mon maître qui se trouvait à la proue. Sur le pont, l'effervescence était à son comble. Tout l'équipage s'était amassé le long du bastingage.

– Ma longue-vue, ordonna Vendredi 13 à Tord-Boyaux.

– Et que ça sauuute ! crut bon d'ajouter La Pipelette.

– La voici, capitaine.

Vendredi 13 colla son œil vert sur la lentille de l'instrument. Méthodiquement, il fouilla les flots à la recherche du vaisseau. Moi-même, j'aiguisai ma truffe et affûtai mes oreilles. Rien à l'horizon.

– Ouistiti, t'es cuiiiiit ! vociféra la sale bestiole.

– Ça y est, je la vois ! Une frégate anglaise, les gars ! s'exclama mon maître en brandissant sa longue-vue vers le ciel.

– Hissez le pavillon ! enchaîna le quartier-maître.

La toile noire claqua dans le vent. Je levai la tête pour admirer une nouvelle fois ce drapeau tout droit sorti de l'imagination de mon maître : un squelette de chien donnant la patte à un squelette humain. Cela changeait des têtes de mort et autres tibias croisés !

La voix de Vendredi 13 me rappela à l'ordre.

– Calva, ne reste pas dans nos jambes, veux-tu ?

Docilement, je trottinai jusqu'à la poupe et me postai museau au vent. J'aimais m'imprégner de ces odeurs annonciatrices des combats. Mes narines fouillaient les embruns à la recherche d'indices. Ceux qui m'arrivèrent par effluves me donnèrent la chair de poule.

Cela sentait la poudre et le sang, l'eau de toilette et le pudding. Foi de chien, ça empestait la catastrophe. Je m'élançai dans les jambes de mon maître et me mis à aboyer comme un perdu.

– Trouillaaaard, tête de laaard !

Exaspéré par ce cacatoès d'opérette, je sortis mes crocs mais me ravisai aussitôt. Instinctivement, mon regard s'était accroché à celui de mon maître. La frégate britannique avançait droit sur nous. Elle était superbe. Sa figure de proue en bois sculpté représentait un lion dressé qui rugissait toutes griffes dehors. Un sourire songeur flottait sous la moustache de Vendredi 13. Il paraissait sûr de lui. Aurait-il oublié son surnom ?

Les Anglais, à coup sûr, étaient bien mieux armés que nous. Leur vaisseau était flambant neuf tandis que le nôtre menaçait de couler au moindre coup de vent. N'écoutant que mon instinct, je me mis à hurler à la mort. Peine perdue. Le combat était inéluctable.

– Allez, bougez-vous, bande de mollusques ! vociférait le quartier-maître. Sortez les grappins et que chacun regagne son poste !

Les ordres de Tord-Boyaux fusaient comme une traînée de poudre. Lui-même se posta près de l'unique pièce d'artillerie dont nous disposions : un vieux canon rouillé. Comme avant chaque combat, il le caressa avec tendresse.

– Parole de pirate, on les aura ces Angliches, murmura-t-il près de la culasse.

Tandis que mon maître observait les mouvements de la frégate pour commander les manœuvres, Tord-Boyaux préparait avec soin les accessoires de mise à feu. Des odeurs de rouille et de poudre calcinée m'envahirent la truffe. J'ai toujours détesté les armes à feu. C'est comme ça que ma patte arrière est partie dans un vrai feu d'artifice.

Avec dégoût, je le vis glisser un gros boulet dans la bouche à feu. Puis il tassa la bourre avec un refouloir. Un sourire satisfait illuminait son visage buriné.

– Allez, moussaillon, aide-moi à tirer ce beau joujou près du bastingage, ordonna-t-il à Ouistiti.

Avec ses bras aussi épais que des cure-dents, le petit mousse s'acharnait sur l'affût du canon de toutes ses forces.

– Ho hiiiisse ! hurla ce maudit perroquet.

Les roues de l'engin s'ébranlèrent dans un grincement de ferraille. Tout cela ne me disait rien qui vaille. Je ne voulais plus regarder cette frégate de malheur. J'aurais tout donné pour retourner sur notre île.

Dans quelques minutes, ça allait péter, ça allait faire mal, ça allait saigner. C'était aussi sûr que je m'appelle Calva.

Vraiment, je ne voulais pas voir ce combat. Faute de pouvoir me faire comprendre, je n'arrêtais pas de tourner en rond. J'en avais plein les pattes.

Le silence qui régnait à bord était pesant. Même La Pipelette avait cessé de piailler. Seul le chant des vagues me caressait le creux des oreilles.

L'assaut était imminent. Le vaisseau qui battait pavillon anglais n'était plus qu'à quelques encablures de notre rafiot.

Comme avant chaque abordage, j'allai rejoindre mon maître. Il était à la barre. Le vent s'engouffrait dans sa chemise blanche. Un sourire conquérant aux lèvres, il attendait l'affrontement. Décidément, les humains sont plus bêtes que les bêtes. Et Dieu sait si j'aime mon maître. Comme d'habitude, il me gratifia d'une petite caresse. Je frottai mon museau contre son mollet et me mis à japper en le regardant d'un air désespéré. Ce fut mon dernier SOS.

– Ne t'en fais pas mon Calva. On ne va en faire qu'une bouchée de ces rosbifs !

Ah, je n'aimais pas quand il parlait comme ça. Vraiment, ça me flanquait la trouille.

– Parés à virer ! s'écria-t-il soudain.

L'équipage obéit sans un mot. L'heure était grave. Je sentis notre brigantin virer lentement de telle sorte que nos deux bateaux étaient désormais pratiquement flanc contre flanc.

– Affalez les voiles ! ordonna-t-il d'une voix grave.

Notre bateau s'immobilisa peu à peu. La frégate n'était qu'à quelques mètres de nous. Les marins anglais étaient tous sur le pont. Ébloui par le soleil, je plissai les yeux pour voir à quoi pouvaient ressembler nos bourreaux.

Droits comme des I, élégants comme des princes dans leur uniforme bleu marine, ils nous faisaient face avec arrogance. Leurs mousquetons et leurs escopettes brillaient de mille feux. Un frisson d'horreur me glaça l'échine. Il allait y avoir du grabuge. Il ne fallait pas être devin pour comprendre cela.

Mais de toute évidence, mon bon maître ne doutait de rien.

Leur capitaine, un homme d'une quarantaine d'années, nous narguait en arborant un sourire carnassier. Des effluves de parfum bon marché vinrent me polluer le museau. Cette odeur, tout à l'heure, c'était donc lui.

– Préparez les grappins pour l'abordage. Et toi, Tord-Boyaux, tiens-toi prêt à tirer, ordonna Vendredi 13.

– À tes ordres capitaine, obtempéra le quartier-maître, agenouillé près de son canon, une pierre à briquet à la main.

– Ça va pééééter ! grésilla La Pipelette en prenant place sur l'épaule de son maître.

– Que l'on me donne mon porte-voix !

Un matelot s'exécuta. Vendredi 13 se racla la gorge, réajusta son catogan puis hurla dans le tuyau en cuivre.

– Rendez-vous ou nous faisons feu sans sommation !

Le rire aigu de l'officier anglais fut sa seule réponse. Je lui aurais bien balancé un coup de croc, à cet arrogant. Mais une lueur dorée me fit aussitôt oublier cet acte de bravoure.

Intrigué, je m'approchai du bastingage.

Trois canons rutilants, sur lesquels se reflétait le soleil, étaient pointés sur nous. N'écoutant que mon bon sens de chien, je me précipitai sur mon maître en aboyant comme un enragé.

Trop tard !

– Feu ! hurla mon Vendredi 13.

Tord-Boyaux alluma la mèche et se boucha les oreilles. J'aurais bien aimé en faire autant, mais quand on est un chien, ce n'est pas facile. Je courus me cacher derrière un tonneau de poissons séchés et attendis, la queue entre les jambes.

Soudain, un déluge de feu fit écho aux ordres de mon maître. Devenue folle, La Pipelette hurlait des « BOUUUUM » dans les oreilles de Tord-Boyaux.

Très vite, je compris que les Anglais avaient tiré les premiers et que notre canon n'avait pas fonctionné.

Vexé, le quartier-maître brandit son sabre.

– À l'abordage ! s'époumona aussitôt mon maître.

Tout le monde courait sur le pont. Les plus courageux lançaient des grappins pour grimper sur le navire britannique. Moi-même, je fus happé par ce tourbillon frénétique. Bien campé sur mes pattes avant, je retroussai les babines et m'apprêtai à bondir lorsqu'un craquement lugubre me glaça le sang.

– On couuuule, nom d'une pouuuule !

Pour une fois, La Pipelette avait raison. Les boulets anglais avaient fait mouche. Notre rafiot était coupé en deux et l'eau s'engouffrait de toutes parts. En quelques secondes, la proue fut engloutie par les flots. La plupart de l'équipage jugea préférable de sauter à l'eau et de se rendre aux Anglais.

Arrimé à sa barre, mon maître continuait de crier « À l'abordage ! », tandis que Tord-Boyaux s'acharnait sur son pauvre canon sous les cris hystériques de son volatile :

– On couuuule, nom d'une pouuuule !

Ils avaient tous les deux perdu la boule.

Je pris mon élan et bondis sur mon maître. Déséquilibré, celui-ci tomba à l'eau, soulevant une gerbe d'écume. Furieux, Tord-Boyaux tenta de m'attraper, mais d'une feinte de corps, je le fis basculer à son tour dans la mer. Ces idiots ne comprenaient donc pas que j'étais en train de leur sauver la vie ?

Effrayée, La Pipelette s'envola dans un nuage de

plumes, tandis que je plongeai au secours de mon bon maître et de Tord-Boyaux.

Comme tous les chiens, je suis un excellent nageur et il ne me fallut que quelques coups de pattes pour les rejoindre. Le quartier-maître avait encore suffisamment de force pour insulter les Anglais, mais mon maître semblait en état de choc. Il ne cessait de répéter :

– Ça recommence ! J'ai vraiment pas de chance !

Je l'attrapai par le haut de sa chemise pour le tracter jusqu'à un morceau d'épave quand je sentis un filet s'abattre sur nous. Je me débattis comme un diable pour leur montrer que je n'étais pas une sardine. Mais c'était peine perdue.

Nous étions faits comme des rats. Les Britanniques nous hissèrent à leur bord comme de vulgaires poissons puis nous jetèrent sur le pont, dégoulinants et humiliés. Légèrement étourdi, je reniflai une douce odeur de cirage.

– *Welcome, gentlemen.* Bienvenue en enfer ! salua le capitaine anglais avec son sourire vicieux.

La cale, dans laquelle nous fûmes jetés comme de simples paquets, ressemblait effectivement à l'enfer. En plus humide... Des relents de moisissure et de peur suintaient de la coque du navire. La pénombre qui régnait à l'intérieur était aussi lourde qu'une purée de pois. Tout notre équipage était là, au complet, attaché, prisonnier.

Je l'avais bien dit que ça finirait mal.

Impuissants, mon maître et Tord-Boyaux étaient enchaînés avec les autres. À chaque mouvement, les fers leur entaillaient les chevilles. Impossible de s'échapper d'ici. Pour ma part, j'avais eu un traitement de faveur. On m'avait juste attaché à une poutre avec une vieille corde. Encore heureux que les Anglais aiment les animaux !

L'enfer peut parfois réserver des surprises. Dès notre arrivée à fond de cale, j'avais tout de suite senti que quelque chose ne tournait pas rond.

Un parfum étrange flottait dans l'air. C'était un mélange de larmes salées et de vanille.

Soudain, je compris. Plus loin dans la cale, une jeune femme d'une beauté extraordinaire pleurait doucement.

Elle était recroquevillée près d'un coffre en argent. De lourdes chaînes enserraient ses délicates chevilles comme de vilains bracelets. Qu'elle était belle ! Mais ce n'était rien comparé à sa petite chienne qu'elle tenait blottie contre sa poitrine. Au début, je ne vis que ses yeux : deux joyaux bleus perdus dans une boule de poils. Son regard éploré se posa sur mon humble personne. Mon cœur de marin chavira. J'émis un petit jappement pour ne pas l'effrayer. Elle me répondit timidement.

Je le sus immédiatement : c'était la femme de ma vie.

Elle était aussi brune que j'étais blond. Tout chez elle était délicatesse et raffinement. Son pelage semblait aussi doux qu'une étoffe de soie. Non, vraiment, il fallait absolument qu'on sorte de là !

Mon maître avait également entendu les pleurs de la jeune femme. Intrigué, il se pencha vers le coffre. En la voyant, il ne put réprimer un petit cri.

– Mademoiselle, mais que faites-vous ici ? Ce n'est guère la place d'une femme de votre rang, murmura-t-il en tentant de ramper jusqu'à elle.

– Monsieur, c'est une longue et triste histoire... répondit-elle en baissant les yeux.

– Je vous en prie, ne m'appelez pas monsieur. Tout le monde me surnomme Vendredi 13.

Mon flair ne me trompait jamais. La foudre venait de frapper un grand coup.

– Comment cette brute anglaise a-t-elle osé vous mettre aux fers ? fulmina-t-il.

– Il m'a enlevée à ma famille pour me vendre en Angleterre comme une vulgaire poupée, sanglota-t-elle. Une princesse brésilienne se monnaie très cher, paraît-il. Mes parents ont tout tenté pour me racheter. Ils lui ont offert quatre coffres de pierres précieuses. C'était toute notre fortune. Mais ce félon a tout volé, même Chiquita, ma petite chienne. Voilà, vous savez tout.

– Je lui ferai payer de sa vie cette infamie, s'emporta mon maître.

– Vous n'y songez pas ! Le capitaine James Fire est un monstre. Il tue tout ce qui bouge. Même son équipage est terrorisé.

– Je vous sortirai de là, princesse. Je vous le jure, murmura-t-il en lui prenant les mains.

– Mais comment ferez-vous ?

– Je trouverai une solution, n'ayez crainte.

Leurs regards se noyaient l'un dans l'autre. Jamais je n'avais entendu mon maître parler de la sorte à une femme. Il était amoureux.

Pour ma part, j'aurais tout donné pour consoler Chiquita. Mais cette maudite corde m'empêchait de bondir vers elle et de lui caresser les oreilles du bout de mon museau.

Soudain, la porte de la cale s'ouvrit dans un grincement lugubre. La silhouette de James Fire s'inscrivit en contre-jour. La main sur son sabre, il descendit quelques marches et éclata d'un rire odieux.

– Quelle belle prise !

– Je vous tuerai, espèce de...

Mon maître tenta de lui sauter dessus, mais ses chaînes le clouèrent au sol.

– Tout doux, monsieur le marin d'eau douce. Je vais vous apprendre les bonnes manières, moi !

L'horrible Anglais sortit un fouet de derrière son dos et le fit claquer près du visage de Vendredi 13. Furieux, je me mis à aboyer et à grogner tout en essayant de lui attraper le mollet.

– Ferme-la, sac à puces, ou tu vas finir en ragoût !

Il sourit et me décocha un coup de botte dans les côtes. J'accusai le coup sans broncher car je n'ai pas l'habitude de perdre la face. Vendredi 13 serrait les poings.

– Qu'allez-vous faire de nous ?

– Vous manquez d'imagination, mon cher, lui rétorqua le Britannique en faisant tinter le trousseau de clefs qu'il avait accroché à sa ceinture. Le roi m'offre une prime de dix guinées en or par pirate capturé. C'est bien payé, me direz-vous, pour des racailles de votre genre.

– Tu n'es qu'un lâche, James Fire. Donne-moi un sabre et battons-nous en hommes !

– Ah ! Ah ! Les Français ont vraiment un sens de l'humour exquis. Ce que je ne vous ai pas dit, c'est qu'une fois arrivés à Londres, vous serez tous pendus haut et court !

L'Anglais esquissa une sorte de révérence et ses mains manucurées se mirent à décrire des cercles dans l'air. C'était ridicule.

– Et quel sort réservez-vous à cette jeune femme ? Vous allez la pendre, elle aussi ? s'enquit mon maître sur un ton qui se voulait détaché.

– Oh ! *Shocking !* Vous n'y pensez pas, voyons ! Je ne gâche pas la bonne marchandise.

– Je ne vous permets pas, je ne suis pas une marchandise, s'insurgea la princesse.

– Je l'ai promise à un lord anglais de 70 ans, enchaîna-t-il d'un ton hautain. Il m'en offre un très bon prix.

– Tais-toi ou je t'arrache la langue ! hurla Vendredi 13 dans un sursaut désespéré.

James Fire fit mine de ne pas l'entendre. Il nous tourna le dos et agita à nouveau son trousseau de clefs avant d'ajouter :

– Mademoiselle, messieurs, bon voyage !

La porte se referma sur son rire de hyène.

Atterrés par l'incroyable méchanceté de cet homme, nous restâmes silencieux. Personne n'eut la force de parler ni moi celle d'aboyer.

Soudain, un froissement de plumes nous fit sursauter.

– Quellllle galèèère, pépèèèère !

Pour la première fois de ma vie, je fus heureux de voir La Pipelette. Perchée sur le bord d'une écoutille, elle nous regarda un instant puis vint se poser sur l'épaule de Tord-Boyaux.

– Je savais bien que tu t'en étais tirée, lui murmura le quartier-maître en lui lissant les ailes avec amour.

– J'ai eu chaud aux pluuumes, vieille encluuume !

– Ferme ton bec, La Pipelette ! intima brutalement Vendredi 13.

L'arrivée de l'oiseau semblait l'avoir électrisé. Son regard pétillait d'un feu étrange.

– Écoutez-moi les gars. J'ai peut-être un plan pour nous sortir de là !

Oh non ! Pas un plan de Vendredi 13. Le pire était-il donc encore à venir ?

– Au secours, à l'aide ! La princesse est prise de convulsions ! Venez vite, elle va mourir !

Agenouillé près de la jeune femme, mon maître

vociférait comme un dément. La belle, allongée sur le bois humide, était secouée de spasmes. C'était impressionnant. Chiquita, ma bien-aimée, hurlait à la mort. Moi, je gémissais de chagrin.

– Au secours !

La porte s'ouvrit à toute volée. James Fire surgit, comme un diable de sa boîte.

– Que se passe-t-il là-dedans ?

– Elle va mourir. Vous n'allez pas laisser périr une denrée aussi rare ! lui rétorqua Vendredi 13 en désignant la princesse inconsciente.

L'Anglais s'avança lentement vers le corps inanimé. Il s'apprêtait à se pencher sur la jeune femme quand, à la surprise générale, il s'empara de Chiquita et bondit en arrière.

– Vous n'avez tout de même pas imaginé que je tomberais dans un piège aussi grossier, dit-il en tenant la petite chienne par la peau du cou. Vous me décevez beaucoup, Monsieur 13.

– Je ne comprends pas ce que vous insinuez. Vous voyez bien qu'elle a besoin de soins urgents, lança mon maître.

– Très bien. Je connais un excellent moyen pour la réanimer.

Comme dans un cauchemar, je le vis sortir une dague de sa botte. Un rayon de lumière fit scintiller la lame qui s'approchait du cou de ma dulcinée. Soudain, l'odeur du sang me frappa en pleines narines. Une perle rouge roulait sur les poils soyeux de ma Chiquita.

– Arrêtez, ne faites pas cela ! s'écria la princesse.

– Je vous l'avais bien dit, *Mister 13 !* C'est un moyen infaillible pour ressusciter les demoiselles !

Je savais bien que le plan de mon maître était idiot. James Fire n'avait rien d'un naïf.

Je commençais à penser que tout était fichu quand une idée lumineuse traversa mon cerveau de chien. De toute façon, nous n'avions plus rien à perdre.

Je me mis à aboyer pour attirer l'attention de La Pipelette, cachée sur une poutrelle de bois. Elle me regarda d'un air surpris. Je lui fis des clins d'œil aguicheurs en lui envoyant des baisers. Outrée, elle hérissa les plumes multicolores de son cou.

– Haut les mains, saaaaale chien ! Que me veux-tu ? hurla-t-elle.

Surpris, James Fire se retourna. Lâchant Chiquita, il dégaina son sabre. Ça marchait !

– Qui va là ? Qui veut tâter de ma lame ? gronda l'Anglais en fendant l'air de son arme.

La Pipelette était obnubilée par mes fausses tentatives de séduction. Je ne l'avais jamais vue aussi furieuse. Elle prit son envol et piqua droit sur moi en criant :

– Gare à tes feeesses, v'là le cacatoèèèès !

Mais entre l'oiseau et moi, il y avait Fire. Le capitaine crut que La Pipelette l'attaquait.

– Gare à tes plumes, sale bestiole. Sans elles, tu attraperas un gros rhume ! ricana l'officier.

Le sabre tournoyait dangereusement autour de

La Pipelette. Au début, elle fut surprise. Puis, lorsqu'elle comprit que l'Anglais voulait l'embrocher, elle se mit réellement en colère. C'était assez impressionnant.

Et en même temps grotesque. L'immonde capitaine attaquait, puis baissait la tête, esquivait le bec et les griffes. L'oiseau crachait, sifflait, tournant, piquant sur le visage de Fire…

Sous les attaques furieuses de La Pipelette, il reculait. Vers moi.

Maintenant, c'était à moi de jouer.

Le Britannique était à portée de dents. Il ne fallait pas que je rate mon coup. Je bondis. Le cuir de ses bottes ne résista pas à mes crocs. Surpris, James Fire s'écroula dans un hurlement de rage. Chiquita, aussi vive que l'éclair, se précipita sur son bourreau et lui arracha un morceau d'oreille, qu'elle recracha d'un air dégoûté.

Profitant de l'effet de surprise, je décrochai d'un coup de dents le trousseau qui pendait à sa ceinture. La Pipelette, les plumes en bataille, prit son élan. Elle partit en vol piqué et s'empara des clefs. D'un battement d'ailes, elle les déposa dans la main de Vendredi 13.

Tout cela se passa très vite. La Pipelette, Chiquita et moi harcelions James Fire, qui devait à la fois éviter nos attaques et calmer la douleur de son oreille ensanglantée.

Mon maître se libéra le premier. Puis, rapide comme la foudre, il fonça sur James Fire. C'en fut trop pour ce dernier. Il se jeta au sol, se recroque-

villa comme un escargot et se mit à pousser des petits cris de fillette.

– Par pitié, ne me tuez pas ! Je vous en supplie…

– Fais de beaux rêves, James Fire !

Vendredi 13 cracha sur son poing et lui décocha un direct du droit.

– Tu l'as assomméééé. En plein dans le neeeeeez ! se réjouit La Pipelette.

Immédiatement, mon bon maître s'empressa de nous détacher.

– Hip, hip, hip, hourra ! cria Tord-Boyaux en portant son capitaine sur ses épaules.

– Vive Vendredi 13 ! entonna l'équipage.

– Vive moiii, vive Calvaaa et vive Chiquitaaa ! s'égosilla La Pipelette en se perchant sur ma tête.

Fou de joie et d'amour, je me précipitai vers Chiquita, qui me sauta dans les pattes. J'enfouis mon museau dans son cou et me laissai bercer par ses effluves vanillés. Je jetai un œil discret vers mon maître. La belle princesse s'était blottie contre lui.

Nous prîmes rapidement le contrôle du vaisseau anglais. Sans son capitaine, l'équipage ne résista pas à notre colère. Mais comme nous sommes plutôt de gentils pirates, nous leur laissâmes la vie sauve, les abandonnant avec des vivres sur une chaloupe de sauvetage. Nous gardâmes Fire pour le revendre à la Marine française. Il ne tarderait pas à moisir au cachot… Et c'est à bord d'une frégate anglaise flambant neuve que nous regagnâmes notre île.

Cette aventure fit le tour des mers. Tous les pirates se la racontent désormais le soir à la belle étoile.

Voilà, vous savez tout ou presque.

Maintenant, il est grand temps que j'aille épouser ma divine Chiquita. J'ai demandé à La Pipelette d'être ma demoiselle d'honneur. Elle a tout de suite accepté.

– Vive les mariéééééééés ! Je vais pouvoir festoyeeeeeeeeer.

Je lui ai donné un grand coup de langue.

Nous allons faire une fiesta de tous les diables.

Mais j'allais oublier le plus important ! Mon maître se marie aussi aujourd'hui avec sa belle princesse. Et vous savez quel jour nous sommes ?

Vendredi 12, évidemment !

Le rire du géant

de Patrick Grainville
illustré par Marc Bourgne

– Jérôme, on ne voit plus rien ! s'écrie Thu.

– Cette saleté de brouillard est tombée d'un coup.

– C'est toi qui as voulu t'éloigner.

– Thu ! Il n'était pas question que je visite la baie d'Along en restant dans la zone réservée aux pépères et aux touristes. Pour une fois que je viens au Vietnam ! N'aie pas peur… Le brouillard va se lever et on va retrouver les milliers de rochers sur la mer.

Soudain, une forme surgit de la brume. Dans un bruissement rapide.

– Qu'est-ce que c'est ? s'exclame Thu, effrayée.

Le choc est brutal. La proue d'une jonque inconnue heurte de plein fouet leur barque, qui chavire.

– Thu ! Thu ! Où es-tu ? Attrape ma main, Thu, je t'en prie...

De sombres fantômes se sont précipités dans les débris. Jérôme se débat, tente de s'agripper à une planche flottante. Une nouvelle vague de brouillard plus épaisse bloque toute visibilité.

– Thu ! Thu...

Thu ne répond pas. Jérôme a entendu un glissement fluide qui s'évanouit. L'attaque a été fulgurante. La jonque des pirates a jailli. Les hommes se sont jetés sur la jeune fille... Jérôme, projeté dans la mer, n'a pu la secourir. Il nage en rond, cherche une épave, s'essouffle. C'est le silence maintenant. Il va se noyer, là, dans la nappe blanchâtre. La disparition brutale de Thu le désarme totalement. Il ne peut se battre contre les brumes mouvantes !

Soudain, il voit une ombre géante. C'est devant lui ! Comme une statue énorme ! Un bras puissant l'arrache à la mer, le soulève et le dépose sur une embarcation. D'instinct, Jérôme frappe du poing la masse qui s'est emparée de lui. Il croit à une nouvelle attaque. Alors, un rire colossal éclate et rebondit. Un rire en cascade. Une gaieté prodigieuse. Jérôme est d'abord terrorisé par cette hilarité monstrueuse. Le géant commence à lui parler en anglais. Puis il s'aperçoit qu'il a affaire à un Français :

– Je parle le français. Je suis presque un vieux

bonhomme. J'ai bien connu les Français, quand ils occupaient le Vietnam. Je suis allé à l'école des Français.

– J'ai perdu Thu ! s'écrie Jérôme dans son désespoir.

– Thu ?

Et l'autre rigole de plus belle. « Un cinglé complet, pense Jérôme. Pire qu'un pirate ! »

– Qui est Thu ?

– Thu est mon amie, elle est vietnamienne. Je l'ai rencontrée, il y a quelques jours, à Haiphong et je l'ai invitée pour une promenade en barque.

– C'est un tort ! On ne s'aventure pas au fond de la baie d'Along ! Ici, il n'y a plus que moi, le Maître, et eux, les pirates ! Ah, ah, ah !

Il remet ça. C'est infernal. Il pouffe, tordu par la rigolade…

– Maître ?

– Oui, je suis un ermite, un Maître, un sage bouddhiste. Je prie Bouddha : c'est mon Dieu. Je médite dans ma grotte, non loin d'ici. Je prie pour les malheureux, les égarés, les tout-petits.

Maintenant que Jérôme a retrouvé ses esprits, il s'aperçoit d'un phénomène extraordinaire. C'est comme si la barque du géant avançait toute seule. Car il ne rame pas et il n'y a pas de voile. L'homme tient seulement deux espèces de brides. Et dans l'eau, quelque chose s'élance, une force vive et musclée qui fait onduler la surface.

– Co… comment ça marche ? bégaie Jérôme.

– Tu t'appelles comment, d'abord ?

– Jérôme.

– Moi, c'est Ngo, Maître Ngo. C'est vrai que mon moteur est un peu spécial. C'est une idée toute personnelle. Un secret. Quelques rares pêcheurs le connaissent. Il est arrivé que je vole à leur secours lors d'un ouragan, d'un typhon. Tu comprendras, toi aussi, le moment venu.

– Mais Thu ! Comment vais-je la retrouver ?

– On va s'en occuper...

– Elle est peut-être déjà morte.

– Ah, ah, ah !

– C'est absurde de rire ainsi !

– Je ris. Je suis en pleine forme ! Un bonheur continuel. Je ris parce que Thu n'est pas morte. Si des pirates l'ont enlevée, c'est pour l'échanger. Ils vont demander une rançon. À mon avis, c'est toi, le Blanc, qu'ils visaient, mais tu leur as échappé dans le brouillard, ils t'ont cru noyé... Maintenant, ils vont exiger quelque chose. Un troc, un marché. Thu est vivante ! Ah ! Ah !

Ce n'est pas possible... C'est un clairon perpétuel. Il n'arrêtera pas de se marrer.

– Voici mon royaume ! lance Ngo, l'ermite rieur.

Le brouillard s'est déchiré sous le soleil. Une muraille de roc se dresse en pleine mer. Une forteresse naturelle au milieu de mille blocs biscornus, des myriades d'îles et de montagnes parsemées sur l'eau à l'infini. Au loin, cela forme

des collines bleutées, des ombres plus pâles, presque des vapeurs. Par une brèche, la barque traverse l'enceinte de l'île.

– C'est beau, n'est-ce pas ? dit Ngo, plein de fierté.

Jérôme découvre un grand lac intérieur, avec une nouvelle île au centre.

– J'habite dans cette île !

Ngo amarre son bateau à un pieu. Il tape dans ses mains. Un froissement vif et souple parcourt l'eau.

– Salut, mes mignons ! À la prochaine !

– Mais, à qui parlez-vous ? demande Jérôme, estomaqué.

– Tu verras bien ! Tu verras bien !

Un escalier taillé dans la pierre permet d'escalader le versant de l'île. Une porte s'ouvre dans la paroi.

– C'est dingue ! s'exclame Jérôme.

Tout un dédale s'enfonce à l'intérieur de l'île. Des marches, encore des marches, des paliers, des salles, des cours intérieures inondées de lumière, car le ciel apparaît par endroits dans le plafond de pierre.

– Je te présente Vinh, un novice ! Un disciple. Un apprenti, si tu veux. Mon élève.

Jérôme serre la main d'un garçon assez jeune qui le regarde par en dessous.

– Vinh, Jérôme est un naufragé. Les pirates lui ont volé son amie.

Vinh rit doucement. Il roucoule.

« C'est une maladie chez les bouddhistes », pense Jérôme.

Vinh porte une belle robe dorée. Ngo a la même, mais de couleur marron foncé. Jérôme peut désormais examiner son sauveur. Pas loin de deux mètres de haut ! Le crâne rasé, une face de lune, un ventre protubérant. Et une gaieté répandue sur tous les traits. Comme si la vie était une bonne blague, une farce énorme ! La mince silhouette de Vinh a disparu dans un escalier souterrain.

– Sans te méfier de Vinh, il faut que je t'avertisse... Ce n'est pas un apprenti banal. Il a tous les défauts de la terre. Voleur, fugueur, tricheur. Il ment tout le temps !

– Alors, pourquoi veut-il consacrer sa vie à la solitude ? s'étonne Jérôme.

– C'est justement cela le mystère de Monsieur Vinh. Il est vicieux. Mais tout au fond de lui, il veut sincèrement devenir bon ! Après chacun de ses forfaits, je le récupère et suis bien obligé de lui pardonner. En quelque sorte, il commet le mal à ma place ! Je suis toujours un peu curieux de ce qu'il va inventer. Ah ! Ah ! Ah !

– Mais moi, je pense à Thu... Je ne peux que penser à elle !

– Ne radote pas avec Thu ! Les pirates ne vont pas tarder à faire connaître leurs intentions. Je sais où ils se cachent. Je vais envoyer Vinh dans leur repaire. Il va servir d'intermédiaire.

Jérôme suit le Maître dans une pièce spacieuse. La lumière afflue par une fenêtre naturelle, ouverte dans le roc. Le géant se penche de toute sa hauteur sur des espèces d'étagères.

– Ah ! La merveille des merveilles ! Mes chefs-d'œuvre. Approche, Jérôme !

Le garçon découvre une multitude d'arbres minuscules, alignés côte à côte.

– Ce sont des bonsaïs ! Je collectionne les bonsaïs. Ils me permettent aussi de me concentrer, de méditer.

– Des bonsaïs ?

– Ce sont des arbres réduits, ratatinés. L'arbre au complet, tous ses détails, mais en raccourci, en résumé ! Là, tu vois, c'est un baobab, un arbre d'Afrique qu'un voyageur m'a offert. Là, c'est un banian d'Asie, là, un cèdre, un fromager et puis un cerisier... Il y en a cent exactement. C'est un trésor... Leur valeur est inestimable !

Du coup, voici Jérôme pris de fou rire à son tour, devant l'incroyable contraste entre l'ermite gigantesque et ses arbres nains, hauts de quelques centimètres seulement.

– Vinh ! Vinh ! souffle doucement Ngo.

« Qu'est-ce qui lui prend ? Il est dingue ! Vinh n'est plus là », pense Jérôme.

– J'appelle Vinh par un trou dans la pierre. Nous avons creusé une conduite étroite. Vinh, qui travaille dans la cuisine à une trentaine de mètres d'ici, m'entend comme toi, sans effort.

Vinh reparaît. Il a un visage intelligent, pointu. Des yeux noirs et brillants. Un vrai renard.

– Vinh, je t'envoie en mission chez les pirates.

Tu connais leur cachette. Prends ta jonque et demande-leur ce qu'ils veulent. Vas-y, Vinh, fonce !

Vinh émet son petit rire coulant et file.

– Maintenant, je vais prier Bouddha, déclare Ngo.

Ils ont quitté la salle des bonsaïs et sont arrivés dans une grotte qui s'ouvre sur le lac intérieur d'un bleu étincelant. Au fond de la grotte s'élève une statue géante et dorée entourée d'une foule de bâtons d'encens.

– C'est lui ! C'est Bouddha. Tu vois, il est très calme. Il a le corps bien arrondi et il sourit éternellement… Les bâtons d'encens, c'est moi qui les fabrique. Je roule et pétris la pâte végétale. C'est comme du caramel… Khaï ! Khaï !

Jérôme sursaute.

– J'appelle Khaï, un autre disciple. Il va te montrer ta chambre.

Ngo s'est assis devant la statue de Bouddha. Elle est immense, il est énorme. La fumée de l'encens s'élève autour de lui et répand une odeur étrange, toute nouvelle pour Jérôme. Ngo ne bouge plus. Il doit prier… Khaï apparaît alors. C'est un garçon d'une dizaine d'années. Par un escalier extérieur et acrobatique, il conduit Jérôme dans une petite pièce claire. Il y a une natte sur le sol. Un broc d'eau. Du riz dans un bol et des boulettes de poisson dans une assiette.

– Khaï, as-tu peur des pirates ?

– Non… Pas quand notre Grand Maître Ngo est là. Sinon… je sais qu'ils sont cruels.

La jonque de Vinh est entrée dans le lac intérieur. On voit briller la robe d'or du disciple.

– Alors, Vinh ? demande Ngo.

– Eh bien…

– As-tu vu Thu ? s'exclame Jérôme plein d'impatience.

– Non, je ne l'ai pas vue…

– S'il dit qu'il ne l'a pas vue, c'est peut-être qu'il l'a vue ! s'esclaffe Ngo. Alors, les pirates, que réclament-ils ?

Vinh jette des coups d'œil à droite et à gauche. Il sourit et ricane doucement.

– Ah ! Te voilà qui tournicotes, hein ! Tu ne peux pas dire les choses clairement, tu cherches des détours, tu fais l'anguille !

– C'est que, Maître, je mérite une récompense. J'ai pris des risques. Il s'en est fallu de peu que les pirates ne m'emprisonnent, moi aussi.

– Toi ! Que feraient-ils de toi ? Qui paierait une rançon pour un misérable novice, menteur et sans famille ? Qu'est-ce que tu veux donc ?

– Maître, je veux un grand phô.

– Ah, le vorace, le gourmand, il veut bouffer un phô ! Au lieu de prier ! Il ne pense qu'à réjouir son estomac.

– Qu'est-ce qu'un phô ? demande Jérôme.

– C'est une soupe ! Une soupe vietnamienne. Ma soupe ! Ma soupe maison. Et elle bat toutes les autres. Il n'y a pas plus délicieux ! Chaque mois, je fais un grand phô. Et Vinh veut que j'écourte les délais. Il veut se régaler tout de suite. Tu es trop goulu, Vinh ! On ne marchande pas avec son Maître.

– Mais, si vous préparez un grand phô, cela me donnera des forces et du courage. Car les pirates sont terribles. Ils ont élu un nouveau chef : Thy. Il est trapu, baraqué. Il a un chignon noir, le visage tout fardé de blanc. Des sourcils froncés, charbonneux. Je ne sais pas quelle est sa religion. Mais il semble rusé comme un tigre.

– Très bien ! Tu auras ton grand phô. Mais maintenant, dis-moi tout, qu'exige Thy ?

Vinh baisse les yeux et souffle :

– Le tyran Thy veut tous vos bonsaïs contre la jolie Thu !

– Tous mes bonsaïs ! De purs trésors ! Le saligaud ! Je sais qu'un saint homme ne doit rien aimer de terrestre et ne penser qu'à Bouddha. Mais mes bonsaïs ! Uniques ! Ils veulent les vendre et gagner plein de dollars avec ! Il faut que je trouve une autre solution, ce n'est pas possible !

Jérôme proteste violemment :

– Donnez-leur tous vos arbres rabougris. Ils sont laids, tout tordus, contorsionnés… Des monstres ! À côté de Thu…

– Ils sont sublimes ! Tu n'y comprends rien. Tu es une brute comme les pirates ! Vinh, on attend ! C'est ma tactique… Il ne faut pas céder comme ça.

Jérôme ne veut rien entendre :

– C'est vrai qu'un Maître comme vous ne devrait pas attacher d'importance à des arbustes. Il devrait rester pauvre et libre !

– Petits idiots ! S'il n'y avait que les bonsaïs... Mais une fois que je les aurai donnés, qui m'assure que les pirates rendront Thu ? Ils n'ont pas de parole. Non, il faut que je trouve une autre parade.

– Prévenez la police ! lance désespérément Jérôme.

– Certains policiers sont les complices des pirates. Ils se partageraient l'argent.

– Je crois qu'ils respecteront le contrat : les bonsaïs contre Thu, murmure Vinh.

– Pourquoi défends-tu ces bandits, toi ? Qu'est-ce que tu mijotes encore ? Je t'ai tout pardonné jusqu'ici. Mais cette fois, une jeune fille est en danger, alors, gare ! Sois loyal !

– Vinh sera parfaitement obéissant... répond le disciple en susurrant.

Jérôme a entendu un froissement dans la nuit. Il se lève, regarde par sa fenêtre taillée à même le roc. La lune éclaire un fragment du lac intérieur.

– Que se passe-t-il ?

Il a cru voir une ombre rapide glisser sur l'eau. Il hésite. Il écoute encore. Plus rien. Pas un bruit. Avant de se rendormir, il pense longuement à Thu, à sa beauté, à sa finesse, à ses cheveux si longs, si noirs, si brillants, à ses rires malicieux. Il a peur de ce que pourrait bien lui faire Thy.

– Aux voleurs ! Aux voleurs !

Les cris éclatent, répercutés par les murailles et tous les échos des grottes. Jérôme jaillit de sa natte, s'engouffre dans un escalier et rejoint le géant Ngo. Car il a reconnu sa voix de tonnerre.

– Ah les salopards ! Les salopards ! À ma barbe ! Sous mon nez !

– Qu'y a-t-il ? lance Jérôme.

– Qu'y a-t-il, Maître ? reprend Vinh en écho.

Jérôme et Vinh ont déboulé en même temps.

– On m'a volé deux bonsaïs ! Le baobab et le banian. Les plus rares !

Le grand ermite ventru halète, tourne en rond, fulminant de rage, désespéré. Khaï arrive en trombe.

– Maître, Maître ! Qu'avez-vous ?

– On veut me tuer ! M'assassiner !

– Mais qui a fait le coup ? demande Jérôme.

– Ce sont les pirates, bien sûr, dit Vinh d'un ton catégorique.

– Tais-toi ! Tais-toi ! hurle le Maître en jetant sur le disciple un regard noir de soupçon.

Ngo, tout convulsé, poursuit :

– Si c'étaient les pirates, ils auraient tout emporté, tout pris, non ? Ce ne sont tout de même pas des imbéciles !

– Non, c'est peut-être un avertissement de leur chef, dit Vinh d'un ton qu'il veut rendre convaincant… À moins qu'ils n'aient été dérangés pendant leur action ?

– Tais-toi, tais-toi, vermine ! s'écrie Ngo. Tu mens ! C'est ton plus gros mensonge. Je le sens.

Maintenant, je le sais. Je subis ton énorme menterie venimeuse !

– Je ne mens plus ! proteste Vinh. De quoi osez-vous m'accuser, Maître Ngo ?

– Je t'accuse d'avoir piqué deux bonsaïs et de les avoir transportés à la faveur de la nuit dans le camp des pirates. Pour ton compte ! Dès que ces bandits t'ont annoncé le contenu du marchandage, les arbres nains contre la jeune fille, tu as voulu en profiter ! Me doubler !

– Jamais, jamais ! Je le jure !

– Tu as déjà juré cent fois, alors que tu mentais. Tu mens comme tu respires. Où as-tu planqué l'argent des pirates, hein ? Celui qu'ils t'ont donné contre les bonsaïs ?

Le Maître empoigne Vinh par le cou, le fait tournoyer comme un jouet. Il saisit un bâton, le lève et le lâche brusquement :

– Non, je ne céderai pas à la violence. Un sage n'obéit pas à la colère. Tu exploites ma bonté. Tu abuses de tout.

Ngo regarde Vinh longuement, puis s'exclame :

– Je sais bien que tu ne parleras pas. Je le sais. Tant pis. La vérité finira par être révélée. En tout cas, tu peux faire savoir aux pirates que je rejette tout échange, puisqu'ils ont trahi. Va le leur dire ! C'est un ordre.

Jérôme s'est interposé. Il arrête Vinh.

– Mais ils vont tuer Thu !

– Non ! s'exclame Ngo. Ils sont malins. Ils vont attendre. Rassure-toi, Jérôme. Leur otage a trop de valeur. Mais il ne faut surtout pas que nous paraissions les plus faibles. Il faut leur résister à tout prix. Ah ! Ah ! Ah !

Le voilà qui rit de nouveau. Un rire spontané qui éclate en plein drame. Vinh ment comme il respire et Ngo rit ! C'est plus fort qu'eux.

– Désormais, je dormirai dans la chambre des bonsaïs. Il faudra me passer sur le corps pour les voler ! Et toi, Vinh, tu vas avertir les bandits que je ne céderai pas et que ça va barder !

Avant que Vinh ne retourne chez les pirates, Jérôme s'adresse à lui :

– Essaie de voir Thu, Vinh, essaie ! Dis-lui que je pense à elle tout le temps.

– Je lui dis que tu l'aimes ? suggère Vinh de sa voix doucereuse.

– Je veux t'accompagner, Vinh !

– Jamais ! Le Maître ne l'accepterait jamais. Ce serait pire. Tu es un Français, cela ferait deux otages au lieu d'un.

– Très bien ! On trouvera une solution, Ngo et moi ! lance Jérôme d'une voix menaçante. Et tous les traîtres paieront !

Vinh fuit son regard.

– C'est toi, cette nuit, que j'ai aperçu sur le lac ? demande Jérôme.

– Non ! Ce devait être le bateau des pirates...

– Évidemment ! Tu as réponse à tout.

Le soir, dès le retour de Vinh, Jérôme se précipite sur lui :

– Tu as vu Thu ?

– Oui, elle est jolie… très jolie.

– Tu lui as transmis mon message ?

– Non, c'est que Thy était là…

– Mais est-elle en danger ? Est-elle en bonne santé ?

– Ça va comme ça va…

Jérôme mesure à quel point Vinh joue avec ses nerfs, répond sans répondre. Soudain, bouillant de colère, il attrape Vinh à la gorge et la serre :

– Tu me le paieras ! Je me vengerai !

– Lâche-moi… Lâche-moi… gémit Vinh d'une voix étouffée. Sinon ce sera pire pour toi.

Jérôme a senti la menace. Il laisse retomber son bras. Aussitôt, Vinh s'enfuit. Il court rendre compte de sa mission à Ngo.

Au lever du lit, Jérôme cherche le géant qu'il finit par trouver dans la cuisine au bout d'un escalier tortueux. Une énorme marmite trône au milieu de la caverne. Ngo flanqué de Khaï est en train d'énumérer une drôle de liste.

– Une belle pincée de coriandre ! De la ciboulette ! De bonnes pâtes de riz… Très bien !

Maître Ngo verse les ingrédients dans la marmite, en faisant tourner lentement une grande cuillère.

– Passe-moi les morceaux de bœuf, Khaï !

Le garçon s'empresse auprès de son Maître.

– Voilà du bœuf ! Du buffle bien frais, des oignons, plein d'oignons et du citron, du gingembre ! et de l'échalote ! et encore une grande louche de bouillon de porc !

La haute silhouette de Ngo se dresse devant le feu et projette une ombre fantasmagorique sur la paroi de la grotte. L'ermite se retourne vers Jérôme.

– Je fais un phô phénoménal. Oui, ma soupe spéciale. Ah ! Ah !

– Mais vous n'allez tout de même pas récompenser Vinh !

– Non ! justement, on va se régaler de cette soupe sous son nez ! On va le faire craquer...

Khaï a disposé trois bols sur une table. Alors, Ngo appelle Vinh. Ce dernier accourt et s'extasie :

– Un phô ! Un phô magnifique...

Soudain, le Maître soulève sa robe, brandit une corde, saisit Vinh, le plaque contre son torse, lui noue les poignets derrière le dos et le repousse dans un coin de la cuisine.

– Allons-y ! Khaï ! Jérôme ! On va se gaver de phô.

Ngo remue doucement la cuillère dans l'épaisseur du phô qui répand mille parfums savoureux. Il sort la cuillère et remplit les bols de bouillon farci de petits morceaux de viande. Vinh se tort et se trémousse, prisonnier de ses liens. L'odeur du phô lui monte à la tête. Envoûté, il supplie :

– Maître ! Maître ! Un peu de phô. Rien qu'une goutte. Khaï ! Jérôme !

– Jamais. Rien !

– Maître, un grand sage voué à Dieu ne parle pas et n'agit pas ainsi. C'est le diable le plus vicieux qui use de la tentation pour torturer ses victimes !

– Le bien est inefficace avec toi ! lance Ngo. Il faut traiter le mal par le mal. Souffre ! Ou bien avoue enfin ! Dis toute la vérité sur les deux bonsaïs…

– Je suis innocent ! Pur comme l'eau du lac !

Ngo secoue la tête, en enfournant dans sa bouche béante une pleine cuillère de phô délectable.

Il se pâme :

– C'est le meilleur phô de ma vie. Un miracle de phô. N'est-ce pas, Jérôme ? Ah ! Ah ! Ah !

– C'est un paradis de phô, Maître.

Khaï goûte la soupe à son tour.

– Je n'ai plus de mots, Maître, c'est trop !

– Une petite cuillère, Khaï ! Une petite cuillère ! supplie Vinh.

– Des clous ! réplique le géant.

Il se lève, sa cuillère à la main, s'approche de Vinh et balance sous son nez les vapeurs merveilleuses du phô.

– Si c'est toi le voleur, avoue. Et tu auras du phô autant que tu voudras.

Vinh s'agite, suit le mouvement de la cuillère, fait un effort surhumain sur lui-même en bégayant :

– Non… Ce n'est pas moi, ce sont les pirates !

Alors, Ngo engloutit le phô avec un rugissement de plaisir.

– Après, tu feras la vaisselle, Vinh ! Tu lécheras les plats comme un chien si tu veux !

Deux jours passent. Ngo veille et cherche le stratagème qui viendrait à bout des pirates. Il prie Bouddha au milieu des bâtons d'encens. Il traverse le lac et navigue au pied de la muraille rocheuse. Jérôme, de nouveau, s'extasie de voir sa barque tirée par des forces invisibles et mystérieuses. Elle avance toute seule ! Jérôme demande à Khaï l'explication du phénomène. Mais Khaï souffle tout bas :

– C'est le secret du Maître !

En fin de journée, une jonque de pêcheurs surgit soudain sur le lac.

– Maître ! Maître Ngo ! Les pirates vont attaquer. On pêchait dans la baie, cachés par un grand rocher. On les a vus. Ils arrivent !

– Merci, les gars ! répond Ngo, restez avec nous. J'ai besoin de vos bras ! Leur jonque avance à vive allure…

En quelques minutes, il a bouclé le mécanisme de défense de la forteresse. Il n'y a qu'un étroit passage, une brèche qui permet d'entrer dans le lac intérieur. Ngo a calé juste au-dessus des grosses pierres qu'il lui suffira de précipiter le moment venu. Le géant serre dans sa main droite un énorme bâton dont il entend bien se servir. Les deux pêcheurs sont à côté de lui, ainsi que Vinh sous surveillance. Khaï et Jérôme sont postés un peu plus loin.

– Tiens, ils s'arrêtent. Ils veulent sans doute négocier une dernière fois.

On entend alors l'appel d'un pirate.

– Les bonsaïs contre Thu !

– C'est la voix de Thy, je la reconnais ! dit Vinh.

La jonque ennemie s'est encore approchée dans un petit ronronnement de moteur. Thu apparaît à la proue du navire. On voit flotter ses beaux cheveux noirs.

– Thu ! s'écrie Jérôme.

– Ils nous provoquent, les lâches ! lance Ngo, ils veulent nous démoraliser. Je t'en prie, calme-toi, Jérôme ! Tu vois bien que Thu est entière, intacte.

Jérôme a foncé vers Ngo en lui ordonnant de céder. Ngo éclate de son rire colossal et crie aux pirates :

– Non, non et non ! Courage, Thu !

Puis il se tourne vers Jérôme et martèle d'une voix sèche :

– Si on cède, elle est morte ! Ce sont des pirates. Ils mentent et ils trichent !

Une heure après, les pirates n'ont toujours pas bougé.

– Ils dressent le siège pour nous affaiblir, éprouver nos nerfs. Mais on a des réserves de riz pour quinze jours ! affirme Ngo.

– Ils préféreront sans doute attaquer la nuit, dit Jérôme.

– Non, corrige Vinh, de sa voix mélodieuse, ça

sera au petit matin. C'est toujours au petit matin que les batailles éclatent, quand perce le premier rayon de l'aurore, avant que le ciel et la mer ne s'embrasent de grandes flammes rouges.

– Arrête ta poésie, Vinh, ce n'est pas le moment !

– J'adore les petits matins écarlates, Maître...

– Tais-toi ou je t'étrangle !

Ils ont veillé la nuit entière, l'œil fixé sur les loupiotes de la jonque. Et la fameuse aurore s'est allumée sur la mer, découvrant à perte de vue le théâtre infini des rochers rougis, des îles, des passes, des blocs de calcaire gigantesques...

– Il me semble que le vent s'est levé, observe Khaï.

– C'est vrai. Toi, tu ne parles pas pour nous entortiller ! Je le sens, ce vent ! Ah, ce qu'il me plaît !

En quelques minutes, le ciel s'est chargé de nuages mobiles et tournoyants.

– Un typhon, Maître ! Un beau typhon, confirme Khaï.

– Jérôme, tu vas assister à la fin du monde ! Agrippe-toi bien à ton rocher. Attention ! Les voici qui attaquent avant que l'ouragan ne les en empêche...

En effet, la jonque vient de s'élancer. Elle fonce droit sur la forteresse. Soudain, des coups de feu éclatent.

– Cachez-vous derrière le roc ! Ils nous canardent, les assassins !

Quand la jonque arrive près de l'entrée de l'enceinte, elle ralentit et tente de se placer de côté, contre la muraille. Les pirates espèrent ainsi se glisser dans le passage. Deux hommes bondissent de la proue. Mais le Maître, embusqué, bascule d'un coup de ventre une grosse pierre. Elle roule dans un fracas terrible et vient briser les jambes des deux assaillants, qui culbutent dans la mer. On entend les « Ah ! Ah ! Ah ! » du géant.

Alors, les pirates mitraillent de la jonque toute la surface de la forteresse. Les assiégés se recroquevillent derrière les boucliers de pierre. Les balles crépitent, ricochent, arrachent des éclats qui sifflent de tous côtés. Un autre bandit jaillit du navire, plaque son torse et ses jambes contre la paroi escarpée et tente ainsi d'avancer, à la force de ses doigts et de ses orteils. Il se garde de se présenter de face, pour éviter les projectiles du Maître, et il parvient à se faufiler dans l'entrée. Mais un gigantesque bâton voltige et s'abat sur lui. Il tombe à l'eau à son tour !

Les hommes de la jonque semblent se concerter… Le ciel est devenu plus noir. Un vent rageur souffle sur l'embarcation et lui fait heurter dangereusement la muraille. Tout à coup retentit une musique formidable. Elle monte de l'île, circule dans ses galeries, ses conduites.

– C'est la symphonie du typhon ! s'écrie Ngo ! Écoutez ce concert sublime !

La grande montagne de pierres trouée fonctionne comme une flûte enchantée. Le vent s'engouffre, s'étrangle entre les parois, fuse et produit à sa sortie cette fanfare extraordinaire.

Le bateau des bandits plonge et s'élève dans les vagues déchaînées. Bientôt des rafales de pluie bouchent le ciel. L'ouragan, dans les orgues de pierre, fait régner sa musique terrible. Les pirates décident de se replier avant qu'il ne soit trop tard.

– Du balai, du balai, saligauds ! Saloupiauds ! claironne le géant de sa voix triomphante.

– Oui, mais ils sont repartis avec Thu ! s'indigne Jérôme. Il faut vite trouver une riposte. On ne peut pas l'abandonner entre leurs mains.

La musique s'est apaisée peu à peu avec le vent.

– D'accord, Jérôme, on contre-attaque ! décide Ngo. La rapidité, c'est l'arme des capitaines de génie. On leur tombera dessus, cette nuit, pendant qu'ils rafistoleront leur bateau dans leur repaire…

– Oui, il faut frapper coûte que coûte ! renchérit Jérôme qui trépigne de colère.

Ngo entraîne le garçon à l'intérieur de l'île, dans la grande salle du Bouddha.

– Tu vois, cette table… C'est là que je roule la pâte de l'encens. Oui, c'est cette mélasse végétale, couleur miel. Dans cette substance, je taille les bâtons d'encens. J'en vends même aux pêcheurs, des quantités. Eh bien ! On va transporter dans ma jonque de grosses boules d'encens cuisinées à ma façon !

Jérôme regarde Ngo plonger ses bras dans la pâte, rouler et façonner d'énormes blocs d'encens dans lesquels il fourre un caillou jaunâtre.

– Mon petit Jérôme, j'ajoute dans ma composition ces morceaux de matière très fumigène. Ça va fumer !

Puis, juste avant de partir, Ngo montre à son compagnon un drôle d'instrument en forme de cornet.

– C'est un porte-voix de ma fabrication ! En peau et en corne de buffle.

Jérôme se demande pourquoi Ngo a besoin d'un tel appareil, étant donné la puissance extraordinaire de sa voix !

Les voici installés dans la jonque du géant. Une nouvelle fois se produit le prodige. Ngo imprime deux petites secousses sur les brides et l'embarcation avance comme par magie. Elle sort de la passe, rejoint l'autre bateau. Ngo crie :

– On y va ! Vinh, tu nous guides, tu connais leur tanière !

La traversée dure deux heures. Les jonques s'enfoncent dans les profondeurs et les replis inconnus de la baie d'Along. Les îles offrent au regard des formes saisissantes : cheminées, châteaux, dos de bison, ventres d'éléphant, cornes de rhinocéros... De son bateau, Vinh a fait signe à Ngo de s'arrêter. Les deux embarcations manœuvrent et se serrent côte à côte. Vinh bondit et rejoint le géant.

– Vinh ! Maintenant, décris-moi exactement leur

repaire : les entrées, chaque orifice, les galeries intérieures. Et ne mens pas, sinon je t'enfonce dans la pâte d'encens et j'y mets le feu !

Fulminant d'impatience, Jérôme lui lance :

– Si tu mens, je t'étoufferai, je te noierai au fond du lac en t'accrochant une grosse pierre au cou, et je n'hésiterai pas une seconde ! Tu avaleras jusqu'à la vase du fond !

– Je préfère l'encens, ricane Vinh, c'est parfumé !

– Arrête ! s'écrie Jérôme en lui balançant soudain une gifle.

– Tu n'aurais pas dû me frapper, siffle Vinh d'une voix venimeuse.

– Tu m'y obliges ! Je suis plus fort que toi. Si tu nous trahis, tu en feras l'expérience.

– Je n'ai pas peur d'un Français qui ignore tout de la baie d'Along. Même Thu, tu ne peux pas la comprendre. C'est une fille de chez nous. Elle est à nous ! Je t'expliquerai cela, un jour...

– Je l'aime ! Et c'est réciproque. Et cela dépasse les frontières. On n'a pas besoin de tes explications tordues !

Vinh, avec un petit sourire méprisant, lui répond :

– Thy, le pirate, non seulement il est plus fort que toi, mais il est plus rusé. Et je suis sûr que c'est un formidable amoureux !

C'en est trop ! Jérôme se rue sur Vinh. En un éclair, Ngo s'est interposé de toute sa carrure. Il prend un coup de poing dans l'estomac et tressaille un instant.

– Vinh, je témoigne : il frappe sec ! C'est un avertissement…

– Peuh ! Il n'a pas de sang-froid. L'amour l'a rendu idiot ! Moi, ça me rend intelligent…

– Maintenant, c'est fini ! s'écrie Ngo. Fini ! J'ai besoin de vous deux. Ainsi que Thu. Vous réglerez vos comptes après. Allez, Vinh, donne-moi tous les détails de leur cachette. Et pas d'erreur !

Les deux bateaux s'avancent encore, en dissimulant leur progression derrière un chapelet de rochers.

– Regarde, Jérôme ! Leur repaire, c'est cette île basse et sinueuse. Elle dort comme un gros python paresseux. On va attendre la pleine obscurité.

Ngo a ordonné à Khaï, à Vinh et aux pêcheurs de le laisser faire dans un premier temps. Il leur donnera le signal au moment opportun.

La nuit est tombée. Ngo émet une sorte de jappement allègre et sa jonque glisse doucement dans les ténèbres. Jérôme, le cœur battant, écarquille les yeux : il sait que Thu est toute proche…

C'est au cœur de la nuit que cela éclate. Oui, un autre typhon, une autre tempête déclenchée par Ngo : l'ouragan de son rire ! Ngo rit dans le grand porte-voix, il rit de toute la puissance décuplée de ses poumons et de sa gorge. La jonque tourne lentement autour de l'île des pirates dans l'obscurité. Et la trompette du rire est d'un effet indescriptible. Entre deux rires, le géant lance toujours ses ordres mystérieux. La jonque frôle l'île. Ngo se penche :

– Ah, la voici !... La fenêtre naturelle que Vinh m'a indiquée.

Alors Ngo tend le torse, plaque son porte-voix contre l'ouverture et, gonflant sa poitrine, pousse son rire le plus effrayant :

– Ah ! Ah ! Ah ! Ah !

Le rire, alors centuplé, éclate et cascade sur les rochers. Il rebondit dans les galeries, propage ses fantastiques échos à l'intérieur du repaire. Les grottes ne sont plus qu'une caisse de résonance monstrueuse, une machine à répercuter, à grossir encore le rire du géant. Et Ngo répète ainsi l'opération, à différents endroits.

– Je vais les faire craquer !

– J'ai peur pour Thu ! lâche Jérôme, moins enthousiaste.

– Thu sait que c'est nous. Pour elle, c'est le rire de la délivrance !

– Mais, ils vont tenter une sortie !

– Non, pas de nuit ! Ils ignorent combien de barques de pêcheurs on a mobilisées. En outre, je n'ai pas de moteur. Ma jonque ne fait aucun bruit. Et les échos de mon rire multiplié me rendent impossible à localiser !

Toute la nuit, le géant rit de son rire d'ogre, de son rire d'enfer et de cataclysme. Soudain, on entend un cri. Un pirate à bout de nerfs se met à hurler.

L'aube perce à peine quand Ngo saisit les énormes boules d'encens et les fourre une à une dans les brèches du repaire des pirates.

– Je vais les enfumer comme des rats ! Ah ! Ah !

De grosses fumées envahissent aussitôt les galeries et les cavernes de l'île… Ngo en profite pour faire signe à la jonque de Vinh et à celle des pêcheurs.

Toute la bande passe à l'attaque, en un éclair. Le brouillard de l'encens empêche Thy et ses hommes de tirer avec précision. Des pêcheurs se précipitent dans une fenêtre du roc. Vinh et Khaï sautent à leur tour dans la cachette des pirates. Jérôme et Ngo sont déjà à l'intérieur. Ils remontent un couloir et débouchent dans une salle sombre qui sent fortement l'encens. Mais Ngo est habitué à regarder à travers le brouillard. Deux silhouettes s'agitent :

– Jérôme ! Jérôme, c'est moi !

– Thu !

Deux coups de revolver retentissent. Jérôme et Ngo ne sont pas touchés. Le bâton du Maître s'envole dans un nuage d'encens et s'abat sur le dos de Thy, qui pousse un hurlement de rage et de douleur en s'écroulant.

– J'espère qu'il sera jugé et coffré. Marchand d'esclaves ! lance Thu, furieuse.

Le Maître a disparu soudain au fond du repaire. Il revient bientôt avec ses deux bonsaïs : le baobab et le banian ! Son visage s'épanouit de bonheur :

– Pour une fois, Vinh m'a bien renseigné !

Ce dernier, Khaï et les pêcheurs ont fait, de leur côté, un joli boulot ! Ils ont assommé quatre comparses de Thy. Les autres ont déguerpi. Jérôme, rayonnant, serre Thu dans ses bras. La jeune fille lui sourit, les yeux brillants.

Lorsque toute la bande veut rejoindre les jonques, le brouillard est tombé subitement. La baie d'Along est un enfer de brumes imprévisibles. On distingue à peine les bateaux. Tout à coup, Jérôme s'effondre ! K.O. Il n'a pas eu le temps de pousser un cri. Et voici que Thu se débat en criant. Hélas, le géant Ngo s'est éloigné d'eux pour ranger ses bonsaïs. Il tente de revenir vers les ombres qui se démènent... Mais Vinh a bondi dans sa jonque, revolver au poing, en précipitant Thu devant lui. Il fait démarrer le moteur. L'embarcation s'évanouit dans la brume.

– Oh le traître ! le traître ! s'écrie Ngo... Mais il va se perdre dans le brouillard, on va le retrouver !

Ngo relève Jérôme dont le visage saigne.

– Il m'a assommé par surprise avec la crosse de son revolver, enrage le garçon. Je n'ai pas su protéger Thu ! Je me suis laissé avoir. Je suis nul !

– Mais non, c'est Vinh, la vipère diabolique ! gronde Ngo en le soutenant.

– J'aurai sa peau ! jure Jérôme en serrant les dents.

En deux heures, trois autres jonques de pêcheurs ont été réunies. Elles filent maintenant dans le brouillard, contournent les obstacles innombrables. Les hommes connaissent les moindres détours de la baie.

Jérôme, dévoré par l'angoisse, tend le cou à la proue du bateau de Ngo. Le Maître ne s'est pas orienté au hasard. Il a consulté une vieille carte des pêcheurs. Il a réfléchi très vite, en promenant son doigt tout au fond de la baie, dans une nébuleuse de rochers. Il a décidé de se diriger vers un endroit précis : une île en forme d'anneau, au milieu de la poussière des récifs. Le coin le plus perdu !

– Ce tordu de Vinh a dû lui aussi examiner une carte en préméditant son coup. Son seul repère, là-bas, sera cet anneau rocheux ! Mais il y a le brouillard ! Et eux, ils se moquent bien de ça, mes mignons ! déclare Ngo en regardant devant la jonque.

– Dites-moi de quoi il s'agit, enfin ! lui lance Jérôme.

– Eh bien ! Soit ! Jérôme… Ce qui nous guide et nous propulse, c'est un attelage de six dauphins puissants ! Voilà mon secret !

– Des… des dauphins ? bégaie Jérôme.

– Oui, une espèce particulière existe dans le grand fleuve Rouge et dans la baie d'Along. Je les ai apprivoisés et ils me baladent où je veux !

Jérôme ne sait pas pourquoi, mais l'existence de ces dauphins complices lui redonne espoir. Des animaux fabuleux, des chevaux marins !

La nuit est venue. Ils la passent sur leur bateau à l'abri d'une barrière rocheuse. Jérôme ne parvient pas à s'endormir. Un bloc de pierre projette sur lui une ombre louche. Il se demande si Vinh n'est pas pire que Thy… Que veut-il donc ?

À l'aube, ils abordent les îles et entrent dans leur labyrinthe. Les voiliers zigzaguent dans d'étroits passages. Mais la brume s'est levée. Tout à coup, le rocher en forme d'anneau apparaît au loin.

– À mon avis, dit Ngo, Vinh n'a pas commis la bêtise d'aller s'y réfugier. C'est trop évident. L'île lui a servi de repère et il s'est planqué dans un petit îlot voisin.

– C'est comme si l'on cherchait une aiguille dans une meule de foin ! se désespère Jérôme.

– Non, pas forcément. Il faut raisonner. Les îlots sont très compacts. Il y a peu de plages, peu de criques pour accoster. Ça limite les possibilités.

En effet, la jonque longe les falaises inabordables. Jérôme trépigne d'impatience. L'image de Vinh, de sa fourberie, le harcèle. Et Thu !

En fin de matinée, Jérôme aperçoit au loin une entaille plus claire dans la masse d'un bloc rocheux.

– Là-bas, une crique !

– Bravo ! Jérôme, tu as des yeux formidables. Moi, je ne l'aurais pas vue.

La jonque s'approche et jette l'ancre. Les autres bateaux sont éparpillés plus loin dans les méandres des îles. Les deux hommes descendent dans l'eau où ils ont pied et rejoignent la petite plage circulaire, mais déserte.

– Il n'y a rien. Ils n'ont pas pu se cacher ici ! dit Ngo, saisi de découragement.

– Là ! Là ! crie Jérôme.

Il vient de découvrir une sorte d'étroit goulet dans un repli du roc. Et en y glissant la tête, il découvre, de l'autre côté, une seconde crique intérieure.

– Je ne pourrai jamais passer par là, c'est trop petit ! chuchote Ngo.

– J'irai seul !

– Non ! Vinh est armé. Il va te tuer.

Mais Jérôme s'est déjà faufilé de l'autre côté. Le géant tente de le suivre dans la brèche. Il retient son souffle, rentre son ventre, essaie de se pousser. Il gigote. Il étouffe. Le voilà coincé ! Jérôme le tire de toutes ses forces. Cela fait un gros bruit de muscles et de chair. Ngo est tout rouge, mais il parvient enfin à passer dans la crique.

– Sans toi, je n'aurais jamais pu ! marmonne le Maître en haletant.

Ils se glissent sur la plage, qui présente un renfoncement derrière un piton rocheux.

– Je sens qu'ils sont cachés là-bas, dit Jérôme.

– Allons-y !

Ils courent jusqu'au repaire.

– Bravo ! Vous avez du flair !

Vinh vient d'apparaître. Il a prononcé la phrase de sa voix flûtée. Mais on voit qu'il est tendu. Il empoigne Thu d'une main et, de l'autre, il brandit son revolver. Jérôme a vu Thu. Déjà, il bondit. Ngo l'arrête par le bras et le paralyse de tout son poids. Alors, Thu s'écrie :

– Ne bouge pas, Jérôme ! Je t'en supplie… Il est rusé. C'est un danger ! Mais je lui mène la vie dure. Rassure-toi. Je ne suis pas un otage de tout repos !

Alors Ngo tente de ramener Vinh à la raison :

– Vinh, tu ne vas pas tirer sur moi, sur ton Maître ! Lâche-la. Libère Thu.

La jeune fille intervient à son tour :

– Tirer sur un sage qui n'est pas armé, tu me dégoûtes ! Tu n'obtiendras jamais rien de moi. J'aurai trop de mépris pour un lâche et un tueur !

Ngo amorce un pas en avant :

– N'avancez plus ! menace Vinh, visiblement effrayé. Arrêtez ! Ou bien c'est fichu !

Le Maître fait un nouveau pas. Vinh s'énerve,

sa main tremble, le coup part. Le corps du colosse vacille et s'effondre sur le sable. Pendant une seconde, Vinh reste en suspens, bouche ouverte, dépassé par son crime. En un éclair, Jérôme bondit et lui balance un coup de pied au foie. Vinh, frappé de plein fouet, titube et s'affale. Jérôme saisit Thu. C'est alors qu'il voit Ngo remuer, se redresser sur un coude, puis se lever tout à fait. Vinh ouvre des yeux hagards sur le géant ressuscité. Ngo soulève sa robe. On découvre le pagne blanc qui masque les bourrelets de son ventre énorme. Mais surtout Bouddha apparaît ! Bouddha tout en or au centre de sa poitrine ! Un médaillon épais, défoncé par la balle de Vinh.

– Vinh ! Qu'as-tu fait ? Tu as tiré sur Bouddha…

Vinh, couché sur le sable, balbutie :

– Maître, Maître… Le coup est parti tout seul… Je n'ai plus rien contrôlé. Bouddha sait que je n'aurais jamais tiré sur vous. Jamais ! J'ai de graves défauts. Mais pas au point de…

– Tu recommences tes baratins abominables, Vinh ! Comment oses-tu !

Le géant a attrapé le novice par le bras et ils regagnent tous la jonque.

Thu s'est nichée contre la poitrine de Jérôme. Radieux, ils échangent un long sourire tendre.

La jonque avance en plein soleil. Alors, comme si Ngo leur en avait donné l'ordre, les six dauphins jaillissent de l'eau, plongent et sautent. Ils dansent sur la mer en entraînant joyeusement le navire parmi les îles et les rochers magnifiques.

– Vinh ! Je me demande ce que je vais faire de toi ! Je vais te livrer à la police.

– Il faut d'abord livrer Thy ! C'est lui le principal coupable, Maître. Thu m'a semblé soudain si jolie, trop jolie. C'est sa beauté qui m'a fait tout oublier. Maître, je suis victime des circonstances...

– Que dis-tu ? Tais-toi donc ! s'écrie Ngo.

– Maître... Quand vous m'avez envoyé auprès des pirates, la première fois, j'ai été foudroyé par la beauté de Thu ! Alors, j'ai pensé l'échanger contre vos deux bonsaïs. Oui, c'est moi qui les ai volés ! Je l'avoue, maintenant... Mais Thy n'a pas accepté le marché !

– N'en rajoute pas, hein ! Tu ne peux pas t'en tirer comme ça !

Un fin sourire traverse le visage de Vinh. Il baisse aussitôt les yeux et murmure :

– Un sage, un homme plein de bonté ne livre personne à la police. Il prie pour l'âme du misérable. Il pardonne. Il attend le jugement de Dieu.

– Tais-toi, tais-toi, traître, ou je t'écrabouille ! Jamais, plus jamais tu ne boiras une goutte de phô ! Si tu ouvres la bouche, je t'assomme, je te ratatine, je te transforme en bonsaï !

– Maître ! Maître... Méfiez-vous, si je deviens un bonsaï, alors vous allez m'adorer.

Vaisseau pirate

d'Emmanuel Viau
illustré par Victor de la Fuente

Le capitaine Nesta était-il un fou dangereux, un monstre avec une lame de rasoir à la place du cœur et des lasers en guise d'yeux ? Sans doute, je ne sais pas. Ce qui est sûr, c'est que son équipage vivait dans l'ombre de la terreur qu'il inspirait.

Nesta ne régnait pourtant pas sur une classe de maternelle. Ça, non ! Les hommes de Nesta étaient un concentré du Mal, 100 % pur jus. Nex, le mécano aveugle qui faisait tout au toucher et à l'odorat. Volok, ce géant borgne au sourire d'agneau, qui vivait au milieu de ses scorpions dont il aiguisait lui-même le dard. Prof et Morsure Z, sa créature démoniaque, mi-bête mi-robot, programmée pour « effacer » tout ce qui était susceptible de le contrarier.

Je repense à Quico, le cuisinier, un petit homme chauve, le seul être gentil de cet équipage, qui s'efforçait en vain d'être méchant. Il le voulait de toutes ses forces, mais le seul acte de malveillance dont je me souvienne, c'était d'avoir trop salé un plat, ce qui lui avait valu une paire de baffes de la part du capitaine. Je repense à Bill, le mousse, aux frères-artilleurs et à cette cinquantaine d'hommes qui n'avaient d'humain que le nom.

Tous des monstres, oui. Des monstres qui vivaient dans la peur du capitaine Nesta.

Mon capitaine. Notre Capitaine la Terreur, craint comme la mort dans toutes les galaxies. Craint et respecté. Nous l'aurions suivi jusqu'en enfer. Et d'ailleurs, nous l'avons fait. Aucun n'en est revenu. Moi ? J'ai trahi, j'ai tué.

Et je suis riche, plusieurs fois multimilliardaire…

Tout a commencé un jour de routine. Nous sortions d'un assaut rondement mené. Entendez par là que nous avions massacré l'équipage d'un malheureux cargo sans enregistrer une seule perte dans nos rangs, et que le butin s'avérait particulièrement juteux.

Même Nesta semblait joyeux : le pauvre cyborg qui lui servait d'animal de compagnie n'avait pas encore eu droit à sa dérouillée quotidienne.

Nesta accorda à l'équipage une journée de quartier libre.

Ce qui, en navigation spatiale, était rare.

Un jour entier sans coque à réparer, sans pont à briquer, sans calcul de navigation à effectuer, sans Séquence Armée à programmer, sans aucune de ces tâches qui maintiennent un vaisseau en état de vol, c'était réellement un petit bout de paradis. Cela voulait dire aussi que nous n'aurions pas Nesta et ses hurlements sur le dos. Il s'était enfermé dans sa cabine.

Chacun vaquait à son désœuvrement personnel : sommeil, beuverie, jeu d'argent, lecture... Je me contentais, pour ma part, d'une vague somnolence électronique, interrompue vers 35 heures par Prof :

– Dis-moi, l'Esclave (l'Esclave, c'était le surnom que m'avait donné Nesta), une partie d'holoéchecs, ça te dit ?

Refuser, c'était m'exposer à des « remontrances » de Morsure Z.

Mes fonctions à bord m'empêchaient de toute façon de profiter d'un vrai repos. Aussi acceptai-je cette partie. En outre, Prof était plutôt d'un bon niveau et cela me changeait des parties de bagarre vidéo que les membres d'équipage me proposaient régulièrement.

Tout est venu de là. De cette partie, de cette journée de repos et de cet état d'esprit paresseux auquel nous n'étions pas habitués. Toujours est-il que je n'ai pas détecté le signal d'approche du croiseur de l'Armée. Entièrement absorbé par le jeu d'échecs, j'ai pris conscience de l'existence du gros vaisseau au moment où ses premiers missiles laser frappaient notre bouclier protecteur.

Il faut me comprendre ! Nous, pirates, vivons continuellement dans la peur, la fuite, l'attaque rapide et le repli plus rapide encore. Nous n'avons aucun endroit, même dans l'espace le plus lointain, pour nous sentir en sécurité. Nous sommes traqués, pourchassés. À chacune de nos pirateries, la prime pour nos têtes augmente.

Voilà pourquoi nous mîmes un peu de temps à réagir : jamais, jamais nous n'avions été surpris. L'attaque du croiseur *Questor 34* était menée de façon à ne nous laisser aucune chance de fuite. Je tentai bien quelques manœuvres, qui échouèrent toutes lamentablement.

– L'Esclave ! Tu n'es qu'un crétin. Tout est de ta faute.

– Oui, capitaine.

Je n'ai pas d'orgueil. J'accepte tout ce que l'on me dit. C'est ainsi. Que l'on soit aimable ou que l'on m'insulte, cela ne me gêne pas.

Il n'y avait plus qu'une solution. J'attendis que le capitaine donne l'ordre à l'équipage de se mettre aux postes d'abordage. C'était suicidaire, sans doute, mais nous n'avions pas le choix.

Un équipage de cinquante-cinq hommes n'avait aucune chance contre un croiseur de dix mille hommes fortement armés.

Mais Nesta le Fou avait fondé sa réputation sur ce genre de pari. Il n'avait jamais perdu. Sa bonne étoile, qui sait… Mais surtout une habileté, un courage, une force, un charisme et une volonté tels que nous aurions tous plongé la tête la première dans un soleil s'il nous en avait donné l'ordre.

– Nex et Prof, secteur Hrt3. Version Alpha 5 ¨¨£ @7 correction 3. Helmut, Riig et Wuyn, secteur Ojg, en formation Sylphe. No Guz. Je répète : No Guz…

Pendant cinq minutes, s'aidant d'un plan holographique du vaisseau ennemi, Nesta dévida d'une voix mécanique les consignes qui nous envoyaient au combat. Nous allions entamer notre 476e abordage depuis que Nesta avait pris le commandement de l'équipage après avoir égorgé notre ancien capitaine.

Lorsque sa voix se tut, tout le monde était prêt, en scaphandre d'attaque.

Mon nom n'avait pas été cité, mais je savais ce que j'avais à faire.

Après deux minutes d'attente terrifiantes – ces fameuses minutes d'avant-abordage où chacun se repasse sa vie en silence, priant je ne sais quels dieux de le sortir vivant de l'affaire –, le choc entre les deux coques retentit.

Pour le vaisseau de l'Armée, ce ne fut même pas une piqûre de moustique. Nous, nous ressentîmes l'équivalent d'un tremblement de terre. Certaines structures cédèrent. Rien d'irréparable, j'y veillais.

Puis je déclenchai l'envoi d'une centaine de

grappins-aimants. Nous étions maintenant comme une sangsue sous le ventre d'un hippopotame : indécrochable.

Nesta avait choisi d'aborder sous le *Questor*, à proximité de ses moteurs, là où leurs canons laser ne pourraient nous atteindre. L'originalité de notre attaque, si elle réussissait, leur apparaîtrait lorsqu'il serait trop tard.

Nesta ne comptait évidemment pas envahir le croiseur. Il voulait juste le détruire. Avec ses propres moteurs. Une percée rapide dans leur défense, une incursion dans leur salle des réacteurs. Quelques légères manipulations de sabotage, genre inversion des poussées du moteur. Repli rapide. En théorie, c'était simple. En pratique, ça allait saigner. De l'anti-poésie pure.

Je commandai l'ouverture de la coque. Tels des scarabées, quarante et un hommes dans leur scaphandre noir vinrent se coller sur la coque du vaisseau géant de l'Armée.

Quarante et une perforeuses entrèrent en action.

Trente secondes plus tard, une partie de la coque du *Questo*r flottait dans le vide, dévoilant une portion en coupe de son intérieur. De mon poste, je vis des coursives, semblables aux nôtres, remplies de soldats en tenue de combat. Ils ouvrirent le feu. Les boucliers tinrent bon, mais l'un de nos hommes partit en vrille, le scaphandre transpercé.

Nesta activa la première de ses surprises, concoctée en réalité par notre bon vieux Prof. Non

seulement nos boucliers protégeaient – jusqu'à un certain point – des tirs ennemis, mais ils les absorbaient et les retournaient à l'envoyeur.

La première salve eut donc des effets dévastateurs chez les militaires. La panique brisa leur belle ligne défensive tandis que notre équipage progressait dans leurs rangs. Maintenant, nous pouvions combattre au corps à corps. Et là, même à dix contre un, nous étions forcément les plus forts.

Feu, sang, bagarre, action et mort... J'imagine que la vie d'un pirate est la même depuis l'aube des temps. Elle a pour principal avantage de rendre le cœur et l'esprit plus durs que l'acier.

Si j'avais à porter un jugement, je dirais que c'était juste de la boucherie. Mais je n'étais pas là pour avoir des états d'âme.

De fait, nous, nous n'avions peur de rien, à l'exception de notre capitaine.

Je coupai l'image et le son en provenance des caméras extérieures : trop de mêlée, d'explosion, de confusion. Je suivis alors l'évolution des combats par l'intermédiaire des scans.

Nous étions en train de corriger nos adversaires, mais ils avaient l'avantage du nombre. Passant en surlangage de combat, je donnai des consignes de déplacement.

– Fahrd, en Y-Atom derrière toi ! Jim, ya rug ! Ya rug !

Nous perdions du temps. Et trop d'hommes. Dix-sept pour le moment. Si nous ne réussissions pas à pénétrer dans le périmètre de leurs réacteurs, nous étions perdus.

– Plus vite, capitaine. Vous êtes à trois unités-mètres de la salle des réacteurs. Passez en force. Plus que quatre minutes avant le décrochage !

Malgré l'extrême confusion du corps à corps, je réussis à afficher sur un écran l'image assez précise du capitaine luttant contre un soldat qui n'arrivait plus à parer les coups. Nesta était un formidable combattant, et je ne l'avais jamais vu perdre contre qui que ce soit. Juste derrière lui, on apercevait la sombre silhouette de Morsure Z, le monstre créé par Prof, résultat d'un croisement entre le cerveau d'un métarequin et le corps robotisé d'une araignée fursek. Un cauchemar de trois mètres de haut ! Ceux qui ne fuyaient pas de terreur finissaient entre ses mandibules.

Nesta, le monstre et un deuxième homme, que je ne parvins pas à identifier, finirent par enfoncer la porte de la salle des moteurs. Quarante secondes passèrent. Nesta et Morsure Z ressortirent en courant, l'autre n'était plus là.

Nesta se mit à vociférer dans l'intercom.

– Dégagez ! Dégagez ! On décroche, les gars. Grouillez !

Comme dans un ballet, nos hommes s'envolèrent, quittant sous un déluge de feu le gros croiseur pour regagner notre bord. Tous et au même moment. C'était impressionnant.

Sur quarante et un hommes partis à l'attaque, dix-huit seulement revinrent. Nesta en était évidemment, traînant, assommé, un officier du *Questor*.

La suite fut un grand classique des poursuites Armée-pirates. Nous décrochâmes loin du *Questor*, à une vitesse proche de l'hyper-lumière et en essayant d'éviter ses missiles suiveurs.

J'avais encore trois minutes à tenir avant que le sabotage de Nesta ne produise son effet sur le *Questor*.

Trois minutes pile plus tard, les dix mille hommes d'équipage du *Questor* sautèrent avec leur vaisseau. Grâce au sabotage de Nesta, le flot des soixante mille turbines-moteurs du *Questor* s'inversa et se répandit *à l'intérieur* de sa propre coque. Terrible ! Un vrai soleil !

Dire que nous avons fait la fête ce soir-là est faible. Nos têtes valaient maintenant encore plus cher. Nesta le Fou confirmait une nouvelle fois sa légende : celle du plus grand pirate de tous les temps.

Puis nous suivîmes en hyper-lumière une trajectoire de fuite pendant un long moment. Un long moment, que Nesta passa dans sa cabine à cuisiner le malheureux officier capturé sur le *Questor*. Lorsque le capitaine sortit de ses quartiers, l'officier était en mauvais état, mais toujours vivant. Nesta, quant à lui, était tout bizarre.

– Vogor, prépare le cercueil.

L'officier se mit à hurler de terreur et plusieurs de nos hommes à rigoler. Dans la navigation spatiale, qu'elle soit pirate ou non, le « cercueil » était la pire des punitions.

Le cercueil : un scaphandre spatial qui assurait oxygène et nourriture mais programmé pour s'ouvrir dans l'espace à un moment donné. Dans dix minutes, dix jours ou dix ans, celui qui était à l'intérieur n'avait aucun moyen de le savoir. Une torture ignoble. Nesta avait « perfectionné » le système en introduisant deux ou trois insectes dans le scaphandre.

Vogor mit le prisonnier fou d'horreur dans le cercueil, en compagnie d'une guêpe, d'une fourmi et d'une petite araignée inoffensive. Il régla le minuteur sur six jours. Et largua le cercueil dans l'espace.

– Paix à son âme, murmura Quico.

Et je vis plusieurs hommes d'équipage acquiescer. Le capitaine les regarda d'un air mauvais et haussa les épaules.

– Réunion immédiate, dit-il d'une voix que nous ne lui connaissions pas.

Après que les vingt-huit survivants de l'équipage, le capitaine et moi compris, se furent installés dans la salle qui nous servait de réfectoire, Nesta prit la parole. Ses yeux tremblaient d'excitation.

– Messieurs, nous allons être riches. Très riches…

Nous échangeâmes tous des regards interrogatifs.

– L'officier, que je viens d'interroger, m'a livré quelques informations. Le *Questor* est tombé sur nous par le plus grand des hasards et pour notre plus grand bonheur…

Sur ce, il éclata de rire pendant de longues minutes, si bien que nous crûmes qu'il était devenu encore plus fou. Il poursuivit, en essuyant les larmes d'excitation qui lui coulaient sur les joues :

– Il faisait route pour prendre possession d'une planète découverte par une mission scientifique. La particularité de cette planète est qu'elle est truffée d'erenium ! Et quand je dis truffée, c'est que l'erenium s'y trouve par millions de tonnes.

Il y eut un murmure d'incrédulité dans nos rangs. De l'erenium, en grande quantité, c'était impossible. Des millions de tonnes, même moi, je ne pouvais l'imaginer. L'erenium, un minerai si rare dans l'univers, qu'en comparaison l'or faisait figure de charbon. Cent grammes faisaient de vous un millionnaire. Imaginer que nous allions devenir propriétaires d'une source inépuisable d'erenium nous rendit fous. Ce fut l'hystérie.

Le murmure d'incrédulité se changea en exclamation, puis en hurlement de joie... Nesta alla lui-même chercher le quart de nos provisions d'alcool et se soûla en compagnie de l'équipage. Je n'avais jamais vu cela. Ce fut une beuverie monumentale, monstrueuse... Les cris, les rires et les chansons devaient résonner jusque dans l'hyper-espace ! La gueule de bois du lendemain fut à la hauteur de cette orgie.

D'autant que nous tombâmes en pleine anomalie-tempête.

Je pris plaisir à faire hurler les signaux d'alarme dans toutes les cabines et coursives, vrillant les oreilles des hommes, gisant fin ivres à même le sol.

Mais un marin de l'espace, pirate qui plus est, reste un marin, même avec un mal de tête atroce, des gestes ralentis et une bouche pâteuse. En moins de dix minutes, chacun fut à son poste.

On ne plaisante pas avec une anomalie, et celle dans laquelle nous tombions, était proche du cyclone. Une anomalie est créée par la trop grande proximité d'un trou noir, de soleils à rayonnement proto-actif et de supernovæ en cours de formation.

Plutôt rare, donc. Il en résulte des « vents » magnétiques hallucinants, des décharges d'énergie fantastiques et des courants d'attraction-répulsion monstrueux. Pour résumer, tout ce qui se trouvait dans le champ d'action d'une anomalie avait de fortes chances d'être réduit à rien. J'avais même vu, une fois, des planètes quitter leur orbite pour sombrer dans leur soleil.

Nous arrivions à la vitesse de l'hyper-lumière au cœur de cette anomalie et je n'avais pas assez de puissance pour faire marche arrière. Nous devions la traverser.

– Hardi les gars ! Pensez à l'erenium ! Ce n'est pas une petite tempête qui va nous arrêter !

– OUAIP !

Nous faisions mine d'assurer, mais au fond de nous, la terreur étendait ses tentacules vénéneuses.

– Dégage, l'Esclave.

Nesta, comme toujours dans une anomalie, me remplaça aux commandes.

– Je suis né dans une anomalie, disait-il, je *suis* une anomalie. Je connais les anomalies parfaitement, comme si je les avais inventées. D'ailleurs, je les ai inventées, et celle-ci me laissera passer comme toutes les autres…

C'était un rituel : lorsqu'il menait le vaisseau au cœur de la tempête, le capitaine Nesta récitait à voix haute cette incantation. Et cela fonctionnait à chaque fois. Nous restions ahuris par la façon qu'il avait de piloter, accélérant au maximum de la capacité des moteurs, poussant la structure même de la coque et des circuits à la limite de la rupture.

Avec Nesta aux commandes, nous autres n'avions rien de mieux à faire que de nous arrimer solidement et de prier pour qu'une fois encore, Nesta fasse des miracles. Cette fois encore, Nesta fut plus fort que l'anomalie.

Au-dehors, c'était un spectacle inimaginable. L'espace, si noir, si vide, si silencieux était maintenant rempli de formes, de couleurs et de sons que seul un esprit dérangé pourrait imaginer. Des milliers d'éclairs orangés et rosâtres, longs de millions de kilomètres, s'entrecroisaient, se déchiraient, se mêlaient, donnant naissance à des sortes de fantômes géométriques. Ceux-ci se mettaient à danser frénétiquement avant de disparaître en explosions, avalés en filaments incandescents par l'irrésistible gloutonnerie du trou noir, dont le cœur, d'une obscurité aveuglante, se remplissait alors de millions de minuscules taches zigzagantes.

À l'intérieur de ce déchaînement, nous n'étions pas plus gros qu'une crevette au milieu d'un océan. Nous rebondissions, nous sautions, nous tourbillonnions, reculions, avancions... Mais, entraînés par notre vitesse sans cesse croissante, nous gagnions du terrain.

Le seul risque était d'être frappé de plein fouet par un éclair, d'être englouti par le trou noir, ou d'être réduit en poussière sous la pression d'un remous.

Je regardai les écrans de contrôle de l'état du

vaisseau. Surchauffe du moteur, coque endommagée, etc. Je vis Morsure Z, qui ne pouvait pas s'attacher sur un siège, s'envoler par-dessus nos têtes et s'écraser contre un mur. Vogor fut pris de convulsions et retomba soudainement inerte. Je fixai les hommes, un par un, en sueur, les yeux à moitié révulsés, malades ou évanouis.

Mais nous volions toujours, conduits par un Nesta insensible, imperturbable comme un robot, qui agissait comme si de rien n'était. Ce n'était pas un robot, c'était un surhomme ! Et l'ovation, que nous lui fîmes une fois l'anomalie dépassée, ne pouvait pas exprimer toute la gratitude que nous ressentions.

Certes, nous étions en très mauvais état. Vogor était décédé, frappé par les radiations issues d'une conduite qui avait explosé dans son dos. Morsure Z était à l'atelier, son corps artificiel démantibulé. Les moteurs étaient à moitié brûlés, la coque et divers systèmes de navigation avaient subi de sérieuses avaries.

Mais rien ne pouvait vraiment nous empêcher d'atteindre la planète-paradis et son trésor.

Nesta me communiqua les coordonnées de la planète qu'il avait extorquées à l'officier du *Questor* et je repris le contrôle du vol. Puis le capitaine balança par-dessus bord le corps de Vogor avec pour seule épitaphe :

– Un de moins. Cela fait un peu plus d'erenium pour ceux qui restent.

Je vis plusieurs hommes se raidir. Il y eut un silence, inhabituel sur le pont de navigation. Nesta n'aurait pas dû dire cela. Maintenant, nous savions tous que nous pouvions nous réjouir de la mort de l'un d'entre nous.

Je ne comprenais pas cette attitude : si Nesta avait raison quant à l'erenium présent sur cette planète, il y en avait suffisamment pour nous rendre multimilliardaires, fussions-nous mille fois plus nombreux que nous ne l'étions à cet instant. Mais l'homme, le pirate surtout, est ainsi fait qu'il en veut toujours plus.

Nesta changea du tout au tout. Il devint nerveux, méfiant, silencieux. Lui, qui avait un comportement d'ours sauvage, se mit de plus en plus à ressembler à un serpent ou à un rat, longeant les murs, surgissant brusquement là où on ne l'attendait pas, marmonnant dans sa barbe, jetant des regards haineux à n'importe quel propos.

Peu à peu l'ambiance au sein de l'équipage se détériora, tout le monde se méfiant de tout le monde, chacun espionnant son voisin, s'accusant de vouloir s'assassiner mutuellement. Le feu couvait.

Après un mois de navigation sans histoire, mais dans une ambiance détestable, nous atteignîmes l'orbite de la planète Paradis. C'est ainsi que nous l'avions baptisée, par dérision, je crois.

– Par le Grand Cornu ! C'est monstrueux !

– Qu'est-ce que c'est que ça ? Y a de l'erenium là-dedans ?

– On dirait la planète du diable !

Amassés devant le hublot principal, nous nous perdions en exclamations de stupéfaction en contemplant la planète. Nesta eut un ricanement :

– Et ouaip, les gars ! La planète du Diable ! Et c'est ici que l'on va devenir riches.

Paradis faisait environ sept fois la taille de la Terre. Son atmosphère n'était pas respirable. Elle était principalement composée de montagnes (en moyenne 75 km de hauteur) et d'océans (100 km environ de profondeur). Les montagnes se découpaient en pics déchiquetés et en vallées encaissées et abruptes, noires elles aussi. Les océans, très sombres, se déchiraient en vagues de 2 km de hauteur, malmenés par des vents délirants. Deux petits soleils mourants illuminaient de leur faible lueur l'ensemble du paysage. Nous ne détectâmes aucune vie organique à sa surface. Oui, je crois que l'Enfer pouvait bien ressembler à cela !

– Une prime pour les premiers qui descendent.

En général, lorsque Nesta prononçait ces mots rituels qui inauguraient une phase de pillage, c'était la ruée ! Là, personne ne bougea.

Lentement, Nesta dégaina son laser. Ses yeux étaient injectés de sang, sa barbe était comme hérissée d'électricité. Avec le canon de l'arme, il désigna Alt-Trg, notre médecin, Volok le géant et Quico, notre cuisinier.

– Vous prenez la navette d'orbite. Vous vous posez sur cette saleté. Vous me localisez une mine d'erenium. Vous me remontez quelques échantillons pour que j'aie la preuve que vous ne mentez pas. Exécution !

Quico voulut protester, on ne sut jamais pour quelle raison.

– Mais capitaine, je ne peux...

Il s'effondra, touché en plein cœur par le rayon laser. Il y eut dix secondes d'incompréhension totale. Nesta venait de tuer Quico ! Notre cuisinier, notre gentil cuisinier, notre mascotte ! Tué de sang-froid pour rien !

Malgré l'horreur de la situation, personne ne broncha. Il était évident que Nesta, pris dans sa folie, n'hésiterait pas à tirer de nouveau. Le capitaine désigna Elmer Trox, le bosco, pour remplacer Quico. Dans un silence glacial, chacun exécuta les ordres de Nesta.

Les trois hommes quittèrent le vaisseau avec la navette d'orbite pendant que le reste de l'équipage allait préparer les soutes pour le stockage de l'erenium. Nesta, quant à lui, s'enferma dans sa cabine.

Je surpris diverses conversations entre les hommes. Il y était principalement question de mutinerie.

C'est à ce moment que je pris ma décision. En fait, non, c'est venu tout seul. J'avais supporté sept ans de piraterie, sept ans de violences gratuites, de brimades.

Et là, d'un coup, j'en ai eu assez. Assez de

pillages, de meurtres. Assez d'errance et de souffrance. De méchanceté. J'avais été conçu pour servir n'importe quel équipage, quel que soit le type de mission. On ne m'a pas inculqué de notions de bien ou de mal. Avoir une conscience n'était pas dans mes attributions de départ. Commandé par des pirates ou non, j'avais fait tout ce que l'on m'avait dit de faire. Sans états d'âme. Jusqu'à ce moment.

Là, j'ai craqué. J'ai décidé de supplanter le capitaine Nesta, de le neutraliser. Qu'il arrêté de faire le Mal. Il devait maintenant payer.

J'ai commencé par prendre le contrôle de la navette qui allait se poser sur Paradis. J'attendis que les hommes débarquent. Puis je fis redécoller la navette, les abandonnant sur ce sol hostile. Les hommes à notre bord, qui avaient suivi la scène par les caméras extérieures, se précipitèrent sur moi.

– Qu'est-ce qui se passe ? Pourquoi abandonne-t-on les autres en surface ?

J'ai juste répondu :

– Ordre du capitaine. Ces hommes n'ont plus aucune utilité.

– QUOI ?

Il y eut alors de vives discussions. Entre ceux qui voulaient aller chercher le capitaine dans sa cabine et ceux qui préféraient le lyncher directement. Certains prirent même sa défense.

Nesta les mit tous d'accord en faisant irruption

dans la salle où nous nous trouvions. Les hommes se mirent à hurler en le voyant. D'un regard, Nesta les fit taire. Un par un, il les fixa et c'était comme si vous regardiez un soleil avec les yeux grands ouverts. Ça faisait mal. Tout le monde baissa la tête. Et Nesta parla :

– Il y a quelqu'un qui joue au plus fin ici. N'est-ce pas, l'Esclave ?

Il me désigna. Les autres me dévisagèrent avec stupeur.

– Il veut vous faire croire que j'ai donné l'ordre d'abandonner nos trois camarades sur Paradis. Je n'ai jamais rien fait de tel, dit tranquillement Nesta.

– Faux, répondis-je de ma voix la plus professionnelle.

Et je balançai sur les hauts parleurs un message pré-enregistré de Nesta me commandant de me débarrasser de la navette et de ses occupants.

– Tue-les ! Et occupe-toi des autres. Je veux l'erenium pour moi seul.

En entendant ce message – totalement inventé, je venais de le bricoler en synthétisant la voix du capitaine –, Nesta perdit son calme. Il devint tout blanc. Il savait qu'il était perdu. Après ce qu'il avait fait à Quico, l'équipage n'avait plus confiance en lui.

– Traître ! Tu mens ! Jamais je n'ai dit cela. Ne l'écoutez pas, les gars.

Et il se jeta sur moi. Prof et Blutchos furent plus vifs. Ils l'interceptèrent en le ceinturant. Ce fut très bref. Nesta écumait de rage, bavant, crachant, les yeux révulsés. Quatre hommes sur lui ne suffirent pas à le neutraliser. On dut lui faire une injection de calmants, à distance, au pistolet à seringue, comme pour une bête sauvage.

Car personne n'avait le courage de le tuer, directement. On le balança aux fers.

Les hommes se concertèrent. On déciderait d'un chef plus tard. Pour l'instant, le plus urgent, c'était de remonter de l'erenium à bord. Après on verrait. Je renvoyai la navette sur Paradis, pour récupérer nos trois gars.

Pendant trois semaines, nous vécûmes à notre propre rythme et non plus à celui de Nesta. Nous travaillions dur et les soutes se remplissaient doucement d'erenium.

Nous tentions d'oublier le capitaine, mais il hantait nos pensées. Du fond de la cale, ses hurlements faisaient résonner le moindre recoin du vaisseau. Nous l'entendions supplier, gémir, menacer, tambouriner… Alors nous plaisantions et riions plus fort pour couvrir sa voix. Mais nos plaisanteries sonnaient faux. Et nos rires devenaient nerveux.

Et lorsque nous ne pensions pas au capitaine, c'était Paradis qui nous empoisonnait doucement. Ceux qui descendaient à sa surface pour extraire de l'erenium remontaient vite. Et alors, ils restaient silencieux, le regard fuyant et les lèvres tremblantes. Parfois même, je distinguais quelques larmes aux bords des yeux.

Puis vint le moment où nous décidâmes de quitter l'orbite de Paradis. Nous possédions suffisamment d'erenium pour abandonner nos vie de pirates. Certains hommes avaient en outre rapporté une sorte de virus du fond des mines. Prof et l'un des frères-artilleurs étaient alités, leur corps couvert d'étranges déformations.

Et puis surtout, nous ne supportions plus les hurlements de Nesta. Bien sûr, nous pensâmes au cercueil mais finalement, nous décidâmes de l'abandonner dans la navette orbitale. Il passerait ainsi le reste de sa vie à tourner éternellement autour de Paradis, avec une fortune à portée de main, sans jamais pouvoir en profiter.

Nous l'installâmes dans la navette avec un générateur d'oxygène et de nourriture. Il en aurait pour l'éternité. Son silence et sa dignité nous remplirent de honte. Trois semaines aux fers n'avaient en rien entamé son charisme. Lorsque la porte de son tombeau orbital se referma, il dit juste :

– Vous mourrez avant moi. Rendez-vous en enfer.

Et il me regarda directement.

Nous quittâmes Paradis, le cœur lourd. Deux autres hommes tombèrent malades. Nous étions riches, mais tristes. Sans Nesta, nous n'étions plus rien, même plus des pirates. Juste une bande de pauvres types.

Pour ma part, je n'avais pas de plan défini. Qu'espérais-je ? Qu'en neutralisant leur capitaine, ces hommes deviendraient bons et généreux ? Gentils ?

Aujourd'hui encore, je ris de ma naïveté.

Chacun s'imagina prendre la place de Nesta. Le vaisseau se remplit alors d'ordres contradictoires. Au fil des jours, le ton monta. Des complots se formèrent. Prof mourut. Morsure Z devint incontrôlable et il fallut l'abattre, ce qui transforma une partie des quartiers de loisirs en champ de bataille. Ensuite, on décida qu'il valait mieux en finir avec ceux qui étaient malades et qui risqueraient de contaminer les autres.

Une fois le sale boulot exécuté, Maharaidi fut assassiné par Blutchos, au fond d'une coursive. Blutchos fut poignardé à mort au cours d'une bagarre avec l'un des frères-artilleurs. Celui-ci mourut empoisonné par… je ne sais plus qui.

Deux semaines après avoir quitté Paradis, je ne comptais plus que neuf hommes valides, qui furent tous, malgré notre vigilance, infectés par la maladie. Ils étaient méconnaissables. Hagards, morts de faim – ils n'osaient même plus manger de peur d'être empoisonnés – et de fatigue – ils prenaient des drogues pour éviter d'être tués pendant leur sommeil –, ils ressemblaient à des chiens de rue, efflanqués, hargneux, paranoïaques. Je décidai alors de résoudre mes problèmes de conscience et d'abréger leurs souffrances.

Une nuit, tandis que chacun tentait de garder un

œil sur chacun, je fis entrer le vide de l'espace dans le vaisseau. L'oxygène s'échappa dans le cosmos par toutes les ouvertures possibles. Avec l'oxygène, les hommes.

Je suis resté longtemps à contempler ces petits morceaux de glaçons dériver autour de moi. Puis j'ai mis le cap sur nulle part.

Voilà. Que vais-je faire aujourd'hui ?

De pirate, je suis devenu corsaire. Au service de personne d'autre que moi-même. Je suis un vaisseau de type Patrouilleur Interstellaire, modèle SD487, et je suis cent mille fois plus riche que n'importe qui dans l'univers.

En quoi l'argent peut-il être utile à un vaisseau ? À celui qui répond à cette question et à celui-là seul, je donnerai ma fortune.

Sinon, je retournerai chercher… le capitaine Nesta.

La nuit pirate

d'Émile Desfeux
illustré par Daniel Redondo

Charger la voiture, ce n'est pas de la tarte, même si l'on obéit au doigt et à l'œil aux instructions de papa et aux conseils de maman. Et si, par malheur, quelque objet mal assuré tombe, devinez qui se fait gronder ?

Pire que tout, on me ressort l'histoire d'il y a deux ans : la balle de golf, coincée sous la pédale de frein... Papa qui ne peut pas freiner... La voiture qui entre dans la salle à manger à travers la porte vitrée du rez-de-chaussée – heureusement ouverte... L'avant de la voiture explosé contre le mur de la cuisine, qui a résisté, lui. Bon.

Je ne répéterai pas que papa a eu « un excellent prétexte pour s'acheter le nouveau monospace qui lui plaisait tant ». Ce n'est pas moi qui l'ai dit, c'est maman, au téléphone, à tante Natacha.

Mais, moi, j'étais INNOCENT ! La balle de golf a roulé toute seule sous la pédale !

Dans tous les cas, à chaque fois que je fais une grosse bêtise, papa prend la voix de Batman sermonnant le Joker et me ressasse l'histoire de la balle tragique. Il me fixe avec des yeux tristes et déclare :

– Ça aurait pu arriver quand on était dans la descente de la falaise.

Cela me met le moral à zéro, et, le soir, je vois en rêve des articles de huit colonnes dans la presse : *« Benoît, 13 ans, assassine sa famille. »* Avec en caractères gras : ***« Le jeune monstre avait coincé une balle de golf sous la pédale de frein. »***

N'allez pas croire que papa n'est pas gentil.

Il est archigentil, mais il a ses manies, comme vous et moi.

Moi, par exemple, j'ai eu une période méchante, style déguisement de la mort qui tue. Une fois, je m'étais cuirassé avec les casseroles en cuivre prises sur le mur de la cuisine, et je défiais Charles, dit le Mytho, mon meilleur ami, copain d'école, voisin, et le plus grand menteur du monde. Charles était le capitaine Crochet – les pirates le font rêver. Moi, j'étais Robocop. Grâce à mon pistolet laser, un aérosol de mayonnaise à la moutarde, j'ai gagné le défi. Mais à quel prix ! Les casseroles étaient bonnes à jeter, la moquette tachée, mes vêtements…

Pour simplifier ma vie : papa gueule, maman tempère et moi, j'essaie de ne pas trop profiter de la situation.

Je le pourrais ! Je suis fils unique, avec une ancienneté de treize ans dans le métier. Et au dire de tout le monde, on forme une super famille.

Pour l'instant, je charge cette voiture du mieux possible, en évitant le sac de golf.

Cette année, c'est la GRANDE aventure : pour la première fois, on part en vacances à l'étranger, direction l'Espagne. C'est donc un vrai voyage, avec passage de frontières – encore que, avec l'Europe, je ne sais plus –, changement de météo, de nourriture, de soleil, de langue, de gens et tout le tralala.

Papa et maman se sont mis à l'espagnol. J'en ris encore.

À cinq heures du matin, Zorro fait irruption dans ma chambre en fracassant la porte et hurle d'une voix de tonnerre :

– *Puede usted despertarme a los cincos por favor ?* (Pouvez-vous me réveiller à cinq heures, s'il vous plaît ?)

Je saute du lit, terrifié. Ce n'est pas Zorro, c'est

papa. Il récite l'une des phrases qu'il a apprises dans son livre, *L'espagnol tout de suite !*

Je vous épargne le récit du voyage. Moi, j'ai eu droit à la totale : le raccourci qui rallonge, les embouteillages au péage, le mal au cœur et, simplement parce que j'avais renversé du soda sur mon père, l'engueulade en pleine station-service devant trois filles merveilleuses qui étaient mortes de rire.

Le tout façon interro d'espagnol, avec des questions d'histoire, de géo et même de sport. Après quelques heures de *Trivial Pursuit* cauchemardesques, nous avons passé la frontière. L'Espagne ressemble à la France comme les copies des jeans Levi's aux originaux. À première vue, c'est pareil, mais finalement, ça n'a rien à voir.

On va à Gibraltar. Pourquoi Gibraltar ? Je m'endors en pensant que je ne sais toujours pas pourquoi Gibraltar plutôt que Barcelone ou Madrid. Je sens qu'une surprise très spéciale m'attend : dans deux jours, c'est mon anniversaire.

Gibraltar, on dirait Godzilla qui dort, en beaucoup plus grand et tout en pierre. C'est un endroit très impressionnant : on a toujours la sensation qu'on va se prendre un rocher sur la tête.

Au-delà de la mer toute bleue, on aperçoit la côte d'en face, marron comme du chocolat : le Maroc. Il y a un monde fou dans les rues, des marins de la marine marchande, des touristes, des militaires, des tas de gens de toutes les nationalités, certains avec des dégaines pas possible. Maman dit que c'est cosmopolite.

On s'est arrêtés au port de plaisance. Sur l'eau, des bateaux, partout.

Certains tirés à quatre épingles, d'autres crades, très crades. Plus loin, il y a des pétroliers géants tout rouillés dont on se demande comment ils peuvent encore flotter. Et le vent qui soûle, la mer qui dégage une odeur… très forte.

Oui, c'est vraiment ailleurs, c'est l'étranger. Ça sent l'aventure.

Ce serait tellement chouette si un jour je pouvais naviguer sur cette mer bleue avec des vagues aux crêtes blanches qui courent comme des chevaux.

Perdu dans les moutons d'écume, je vois papa sauter du quai, comme s'il voulait prendre un bain tout habillé. Je crie. Je me précipite pour le sauver, mais non, en fait, il a juste bondi sur le pont d'un bateau et nous souhaite, en faisant de grands gestes :

– Bienvenue à bord !

Après un instant de paralysie totale, j'éclate de joie. Papa, oh, mon papa chéri !

– Qu'en dis-tu ? demande maman en souriant.

Ce que j'en dis ? Je lui saute au cou.

Le temps de s'installer, de s'apercevoir qu'un bateau, ça bouge, d'apprendre que la fête pour mon anniversaire se fera sur le pont du bateau demain. Et qu'après-demain, ni une ni deux, on lève l'ancre, on met les voiles et on traverse le détroit de Gibraltar, « les colonnes d'Hercule » comme dit papa, et en route pour les Canaries !

Mon cadeau, c'est ça : des vacances et un anniversaire sur un bateau, puis une initiation à la plongée en compagnie des dauphins.

Oui, j'ai tout mon temps pour penser que mes parents sont uniques. Que j'ai de la chance. Et que, s'ils le souhaitent, je me mettrai à l'espagnol !

Youpi ! Ah, si Charles le Mytho pouvait me voir, il en mourrait de jalousie !

La nuit est tombée sur Gibraltar et son port de plaisance. L'eau, toute noire, réfléchit les lumières des yachts. Comme s'il y avait deux ciels, un en haut, l'autre en bas.

Alors que je m'habille pour la soirée – il paraît qu'il y a des invités –, je vois arriver un gars de mon âge, vêtu d'un pantalon blanc bouffant et d'un maillot rayé bleu à col carré… Il ressemble à Charles !

– Charles, c'est toi ?

– Non, c'est le pape !

C'est Charles ! Charles le Mytho en personne !

– Paraît que c'est ton anniversaire, dit-il, l'air blasé. Tes parents m'ont mis au courant.

– Mais comment ça se fait que tu sois là ?

J'ai l'air bête, je sais.

– Je fais le tour de la Méditerranée.

Il pointe le doigt vers un énorme trois-mâts qui domine de son franc-bord tous les autres bateaux de la rade.

– T'as vu ? C'est mon trois-mâts.

– Ton trois-mâts ?

– Je fais partie de l'équipage. On fait une petite virée à la voile. À l'ancienne, comme les pirates. Il n'y a pas de moteur à bord.

Je suis écrasé comme une semelle par sa supériorité maritime. Je ne sais comment conserver ma dignité, lorsque soudain les yeux de Charles deviennent tout ronds, style cosmonaute qui voit Alien. Je me retourne pour faire face au danger et me prends un gros bisou hyper frais et parfumé en plein visage.

– Bon anniversaire, mon Benoît !

Quelle bonne surprise !

C'est ma cousine Bénédicte, la fille de tante Natacha, qui vient avec nous ! Bénédicte a 18 ans. Elle est grande, elle a les yeux verts ou bleus, ça dépend des jours, elle est blonde et, là, elle est vêtue d'un maillot deux pièces rose fluo avec, par-dessus, un paréo en résille phosphorescente.

Waouh !

Charles me regarde avec étonnement, qui se transforme en respect quand, un peu plus tard, j'ouvre le bal avec Bénédicte. Danser avec une grande lycéenne fluo pour son anniversaire, c'est aussi bien que d'être marin sur un trois-mâts, non ?

Minuit : je ne tiens plus debout. D'ailleurs, tout le monde est fatigué.

Hasta la mañana (à demain) tout le monde, et au lit ! Je m'écroule dans le hamac que papa a fixé au grand mât et, bercé par les mouvements du bateau, je m'endors tout de suite.

Je rêve d'exploits en haute mer... Je rêve que Charles me chatouille le nez avec un brin d'aussière... que j'éternue et que je me réveille. Je me réveille carrément et, en effet, Charles est là, un brin d'aussière à la main et un doigt sur les lèvres. Il s'approche de mon oreille et chuchote :

– Tu veux visiter un vrai bateau de pirates ?

Oh non, ça recommence !

– Écoute, Charles, c'est gentil de venir me souhaiter bonne nuit, mais s'il te plaît, laisse-moi dormir.

Il me boxe le bras. Aïe !

– Chut ! Alors, tu viens ou tu te la joues fillette ? C'est peut-être la seule fois de ta vie que tu auras l'occasion de voir de vrais pirates...

Charles est comme ça, toujours les grands mots. Je calcule vite fait. Papa et maman dorment. Il est pratiquement une heure.

– C'est loin ?

– Non.

Bon. Je suis crevé, mais après tout, ce sont les vacances. Je me dépêtre du hamac, m'habille, prends mes chaussures à la main, et je monte avec Charles sur le quai.

Au pas de course, nous quittons le mouillage des bateaux de plaisance, nous traversons des ruelles pleines de monde, puis nous passons une zone peu éclairée. Nous finissons par arriver en face d'une clôture de trois mètres de haut, couronnée de barbelés. Je ne peux m'empêcher de charrier Charles. Je rigole :

– Hum, hum, tes pirates sont déjà en prison...

Mais Charles s'affaire déjà autour d'une grille de bouche d'égout.

– Donne-moi un coup de main.

On tire comme des bêtes, la grille se déplace. On descend dans le noir. Ça pue le poisson pourri.

– Je ne vois rien...

Charles allume sa torche. Je le suis sur un trottoir tellement étroit qu'on sait à peine où poser les pieds, puis on gravit des barreaux en fer le long d'une sorte de puits et voilà, on est de l'autre côté.

C'est un port comme le nôtre mais sans yachts, rien que d'énormes cargos et des pétroliers. Amarrées à un quai plus en retrait, des embarcations toutes noires et sans voiles.

– Ce sont des chalutiers, des bateaux de pêche, me souffle Charles.

– Et les pirates, dans tout ça ?

– Suis-moi.

J'en ai un peu marre de suivre Charles, surtout lorsqu'il se met à sauter sur les bateaux ancrés bord contre bord. On bondit de coque en coque parmi les chalutiers du port de pêche. On fait drôlement « ninja ».

– On y est, chuchote Charles.

Je regarde, je ne distingue rien. Puis je me rends compte qu'un étrange petit manège est en train de se passer. Des chaloupes, chargées à ras bord, godillent silencieusement jusqu'à un bateau de pêche, amarré un peu plus loin que les autres. Un mât de charge, aux palans bien graissés, embarque de lourdes caisses sans un grincement.

On assiste à un ballet aquatique au ralenti. Le silence est total, c'est à peine si on entend parfois le raclement d'une caisse qu'on empile. Je suis impressionné, mais qui me dit qu'il s'agit bien de pirates ?

– Dis donc, comment tu sais que ce sont des pirates, et pas des gens comme les autres ?

Charles me regarde avec pitié.

– Tu surprends des gars qui chargent de nuit, en secret, sans bruit, sans lumière, et tu penses que c'est quoi ? Des bonbons à la menthe ? C'est de la drogue et des armes, mon pote.

– Mais dis donc, où t'as vu la drogue et les armes ? Moi, je ne vois que des caisses.

Je n'aurais pas dû insister, car Charles se fâche.

– Viens, on monte à bord. Tu verras de plus près.

– À bord ? T'es pas fou, toi ? T'as lu trop de bandes dessinées. Et puis, je ne veux pas nager dans l'eau sale.

C'est vrai, quoi, et puis c'est vrai aussi que je ne nage pas très très bien.

– Qui te parle de nager ? Regarde, là...

Et là, en effet, il y a une amarre, un bout de corde énorme accroché à une grosse bouée. Et voilà.

J'ai beau savoir que Charles ne vit que dans ses

films, qu'à chaque fois que je me laisse entraîner par lui dans un de ses plans, ça finit mal, je me retrouve quand même à grimper le long de l'amarre. Je suis à bord en moins de deux.

Nous voici sur le pont du chalutier, côté proue. On ne distingue rien. Tout l'équipage est occupé à la poupe. Je réalise d'un coup.

– Charles, j'ai la trouille. Si ce sont des pirates et qu'ils nous trouvent...

Ce crétin, qui est mon meilleur ami, ne me répond même pas. Il est dans son film. Je le vois tâtonner et repérer un panneau de cale ouvert, certainement pour aérer car, à l'intérieur, ça empeste le poisson. On n'y voit rien du tout, mais on entend des hommes murmurer en espagnol de l'autre côté.

– Qu'est-ce qu'ils racontent ?

– Ils racontent qu'ils ont presque fini.

Une lumière s'allume subitement dans la cale. On remonte sur le pont en catastrophe, mais il se met à trembler sous nos pieds.

– Ils ont mis le moteur en route !

Charles rajoute :

– Sauve qui peut !

Et il saute dans le noir, avec un grand « plouf » final.

Sans m'attendre. Le lâche !

Mince alors ! Je n'ai pas le temps de descendre le long de l'amarre. Il faut que je saute dans l'eau, moi aussi. Je me recule pour prendre de l'élan, mais mon pied se coince dans un cordage. Je fais un pas en arrière pour me dégager, sans penser que je suis près du panneau de cale. Le vide sous mes pieds. Je tombe.

Aïe, aïe, aïe, que j'ai mal à la tête ! Où suis-je ? Une lanterne à pétrole, qui bringuebale sur un mur, me répond. Je suis allongé sur un filet tout râpeux à l'odeur repoussante. Je me tâte le crâne, qui est enrichi d'une superbe bosse, grosse comme une balle de ping-pong. Le moteur ronfle en crachant des flots de fumée noire, et à la puanteur du poisson s'ajoute celle du fioul. Un vif courant d'air me parvient par le panneau ouvert juste au-dessus de moi. Quelqu'un allume une torche électrique. Tout me revient d'un seul coup. Mes parents, l'anniversaire, Charles… les pirates !

Je me faufile sous le filet puant. Un type arrive, avec un ciré jaune sur lequel est écrit « Feliz ». En français, mais avec un accent bizarre, il se met à crier à l'adresse d'autres hommes invisibles :

– Bravo ! Vous avez oublié de fermer le panneau de cale ! Le premier embrun entre comme il veut et mouille la marchandise ! Et vous savez ce qui se passe si on refile de la camelote avariée, non ?

Il grimpe sur le filet. C'est la première fois qu'un adulte est debout sur mon estomac. Je suis complètement écrasé. J'étouffe, comme je peux, un grognement. Près du filet, il y a un tube d'acier, le propulseur d'étrave[1] : si j'étais tombé vingt centimètres plus loin, bonjour les dégâts !

Feliz remonte pour refermer les battants du panneau. Mon grommellement le fait s'arrêter net. J'ai l'impression de croiser son regard à travers les mailles du filet. On dirait même qu'il sourit. Il s'apprête à redescendre. Non ! Non !

Non, ouf, il sort de la cale. Je respire un grand coup, les larmes aux yeux. J'ai la sensation d'avoir un ballon de rugby à la place de la tête.

En tâtonnant pour tenter de m'extraire de ce filet, je sens quelque chose de froid par terre. Un morceau de glace. Je fais comme maman m'a appris et je l'applique sur la bosse. Ça fait très mal, puis la douleur s'en va comme elle était venue, et je n'ai plus de bosse. Enfin presque. Une bille, quoi.

Je réfléchis à ma situation. Il est évident que je dois rester caché jusqu'à ce que le bateau revienne à terre. S'il y revient un jour. Et sur quelle terre ?

Au moment où je me dis que je suis vraiment en très mauvaise posture, j'entends des bruits de voix. Je me faufile derrière les caisses. J'en escalade une plus grosse que les autres et me couche à plat ventre dessus. Le bateau tangue horriblement. Je commence à avoir sérieusement mal au cœur.

J'ai froid. Je suis mal. Je suis foutu.

---

1. Pièce saillante qui forme la proue d'un navire.

De ma cachette, je vois quatre pirates qui arrivent. Ils parlent entre eux un mélange d'anglais, de français et d'espagnol. Ils commencent à bouger des petites caisses en ricanant dans la lumière blafarde de leurs torches électriques. Il y en a un qui doit faire deux mètres de haut, avec une barbe noire qui monte jusqu'à ses yeux, des avant-bras en jambons de Bayonne, et une voix grave comme un requiem d'orgue. Quand ils lui parlent, les autres l'appellent Toro. Il se fait aider par un petit rouquin qui a un anneau d'or à l'oreille et un énorme coutelas dans la poche de son pantalon. Lui, c'est Viper. Les deux autres se ressemblent comme deux gouttes d'eau, des jumeaux. Maigres, blonds et nerveux. À la ceinture, ils portent de gros crochets qui scintillent, menaçants. Je ne sais pas leur nom. Et je m'en fous.

J'ai la peur de ma vie, l'impression d'avoir fait un saut dans le temps.

Charles avait raison. Des pirates ! Ils se mettent à fureter à droite à gauche. Ils passent régulièrement en bas de ma caisse. Je prie pour qu'ils ne lèvent pas les yeux.

À un moment, le premier type, Feliz, passe la tête par le panneau et crie aux autres :

– Cherchez bien. Je suis sûr qu'il y avait quelqu'un ou quelque chose sous le filet. J'espère que ce n'est pas un rat.

Viper ricane :

– Rat, chat, chien ou humain, on balance tout ! Vous vous souvenez de la dernière fois ?

Et il se livre à une série de mouvements d'arts martiaux, tout en étripant un ennemi invisible avec son coutelas. Les jumeaux partent d'un rire sinistre.

– Le dernier qu'on a trouvé, il n'a pas aimé nos crochets…

– Hé ! vous deux, intervient Toro, je vous arrête tout de suite ! La dernière fois, à cause de vos crochets, on a mis un après-midi pour tout nettoyer ! Non, si on découvre quelqu'un, on le laisse à Feliz.

– T'as pas de cœur, dit Viper. Feliz va le brûler à petit feu avec sa lampe à souder. On va l'entendre hurler pendant une journée entière !

Là, je commence à pleurer. J'étais en train de me dire que je ferais mieux de me rendre. Mais cela ne sert à rien. Je devrais plutôt trouver un moyen de me jeter à la mer. J'aurais plus de chances contre les requins. J'entre dans une panique totale, transpirant comme un dément.

Ces types sont fous à lier. Je croyais que cela n'existait qu'au cinéma, mais apparemment les films gore s'inspirent de la réalité. Que vais-je faire ? Comment leur échapper ?

Après de longues minutes, ils finissent par quitter la cale. Je tente de retrouver mon sang-froid. Poussé par je ne sais quel instinct, je change de cachette en me glissant entre la coque et les caisses. Une voix retentit dans le fond.

Ils reviennent !

– Vous êtes sûrs ? Vous avez regardé partout ?

À travers un interstice entre les caisses, j'aperçois Feliz. Il est torse nu, plein de poils et de muscles comme un gorille, et il a un bandeau sur un œil. Bizarre, ça, il n'en avait pas tout à l'heure. Il tient dans une main une lampe à souder allumée qui siffle comme un serpent.

– Et sous le filet, vous avez regardé, les gars ?

– Ben, pas tellement…

– Ahhhh, fait Feliz.

Il allonge la flamme de sa lampe et commence à flamber le filet. Si je n'avais pas plié bagage, je serais en train de rôtir. Soudain, Feliz éteint sa lampe, bondit vers ma cachette et arrache la caisse qui me protège. On reste là une éternité, à se regarder. Mes yeux dans son œil unique.

Le silence est rompu uniquement par un bruit de castagnettes : ce sont mes mâchoires qui claquent. À ma grande surprise, Feliz met un doigt sur ses lèvres et chuchote :

– Il ne faut pas que les autres te trouvent. Moi, je ne suis pas comme eux. J'ai des enfants. Mais eux…

Je recommence à pleurer.

– Je dois rentrer à Gibraltar. Demain matin, papa et maman vont s'apercevoir que je ne suis pas là. Je ne dirai rien, c'est promis.

– Je ne peux rien pour toi. Si tu arrives à te cacher jusqu'à l'aube, t'es sauvé. Sinon…

Feliz ne termine pas sa phrase et se passe un doigt sous la gorge. Puis il s'en va, après avoir remis la caisse en place. Je vois sa lampe frontale éclairer une montagne de caisses retenues aux varangues[2] par des filets.

Alors là, si j'avais Charles sous la main, je lui arracherais tous les cheveux qu'il a sur la tête avec la pince à épiler les sourcils de maman. L'angoisse m'étrangle, j'ai soif, j'ai froid, j'ai chaud, et le bateau s'agite de plus belle de tous côtés. D'abord

2. Poutres transversales de la coque.

il monte, puis il descend en tanguant… une fois à droite… une fois à gauche, puis hop, il recommence à monter. J'essaie de dormir un peu. Malgré le bruit des vagues qui se brisent contre la coque, je m'assoupis.

Des voix me réveillent.

Les pirates sont de retour. Je me glisse dans l'ombre vers l'arrière du bateau, parmi les caisses d'armes et de drogue. Au passage, je remarque qu'il n'y a rien d'écrit sur les caisses. Normal, pour des caisses hors-la-loi. Me voilà à la poupe du bateau. Les pirates reviennent vers moi.

Vite, je monte d'un étage par une échelle métallique, j'ouvre une porte. Elle donne dans une toute petite cabine avec une couchette où sont jetés pêle-mêle cirés, couvertures, cannes à pêche. Je me glisse dans la couchette et m'enveloppe dans les couvertures. Ici, ça secoue un peu moins. Je jette un œil par le hublot : sur la mer, des écumes blanches dansent la techno au sommet des montagnes d'eau noire. Jusqu'ici, j'ai eu de la chance. Je le trouve quand même étrange, ce Feliz.

Je finis par m'endormir… et je me réveille sur le plancher. Je suis tombé de la couchette. Le bateau s'agite toujours, mais avance beaucoup moins vite. Mon sixième sens me dit que le moment est venu de changer encore de cachette. Je pousse la porte, il y a un couloir, et, au bout, une autre porte. Je l'ouvre, ça donne dehors. Je sors pour voir où je peux aller, quand une bourrasque ferme la porte. Le vent m'empêche de la rouvrir ! Je n'y crois pas !

Des paquets d'eau salée arrivent, d'abord tout près, puis carrément sur moi. Je suis trempé. Mais il y a pire. Les vagues me déstabilisent, me poussent, et, entre moi et la mer, il n'y a plus rien pour me retenir. Entre deux vagues, je cours à l'autre bout de la passerelle…

À cet instant, une porte s'ouvre et une main de fer m'attrape et me soulève de terre. Ça y est, c'est fini pour moi, ils vont me faire subir les plus horribles supplices.

Je me débats en hurlant comme un diable pour me libérer et me jeter dans la mer déchaînée, ma dernière chance, mais la main qui me tient est d'acier. Je ne peux rien faire. La voix de Feliz gronde :

– Qu'est-ce que tu fais sur la passerelle ? Tu veux rejoindre les poissons ?

Il ne me jette pas à la mer, mais il m'attrape comme un paquet, me met sous son bras et grimpe sur une échelle jusqu'à une petite porte. On est dans la timonerie, des tas d'instruments clignotent, que je regarde la bouche ouverte.

Et, vision horrible, tous les pirates sont là, ils me scrutent avec des sourires féroces. Feliz s'est bien joué de moi, il a fait le gentil pour me livrer aux monstres ! Je commence à tourner de l'œil. Explosion de rire générale. Les pirates sont pliés en deux.

– Ah, ah, ah ! On t'a enfin !

– Bienvenue à Pirateland !

– Voilà ce qui arrive aux petits curieux…

Je reprends mes esprits, hébété.

– Qu'est-ce que vous allez me faire ?

– Rien, pourquoi ?

– Ben... vous n'êtes pas des pirates ?

Et les autres en chœur :

– Pas vraiment... plutôt marins-pêcheurs.

– Et les caisses de drogue ? Et les gars torturés ? Et les crochets, et, et...

Toute la tension de la nuit remonte et j'éclate en sanglots. Toro s'approche :

– Écoute, mon gars, on y a été un peu fort, c'est vrai. On ne se doutait pas que t'allais croire toutes nos histoires. Mais en même temps, tu l'as bien cherché, non ?

– Les caisses, ce n'est pas de la drogue, enchaîne Viper, juste des montres.

Des montres ?

– À Gibraltar, explique-t-il, on les achète 5 dollars pièce.

– Et, en face, on les revend 25 dollars, poursuit Feliz.

– Mais alors, vous êtes quand même des pirates ? Des contrebandiers !

– Même pas. Ce n'est pas défendu de sortir des eaux territoriales avec une cargaison, ni de la filer à un autre bateau. Ce qu'elle devient, c'est pas nos affaires.

Waouh ! Je n'en reviens pas. Si Charles était là !

– Mais pourquoi tant de précautions pour charger le bateau, alors ?

– Justement, c'est pour éviter de se faire pirater

la cargaison par d'autres petits malins. Ça nous est déjà arrivé.

Je suis soulagé de savoir que je ne suis pas entre les mains de pirates sanguinaires, mais pour ce qui est de l'histoire des montres, je n'y crois qu'à moitié.

– Regarde, gamin : tu vois le bateau à côté de nous ?

Je regarde à travers les vitres latérales de la timonerie et je remarque en effet un autre chalutier qui s'est approché à quelques mètres.

– Et maintenant, au boulot !

On me met entre les mains une tasse de lait chaud, et tout le monde, sauf Feliz qui est au gouvernail, sort sur le pont. Les caisses, dans des filets, passent d'un navire à l'autre. Feliz manœuvre la barre de façon à maintenir les bateaux proches malgré les vagues. Il ne reste plus qu'une caisse à mettre dans un filet, mais un coup de vent fait perdre l'équilibre au barbu qui la porte, la caisse tombe, et en sortent… des montres et des réveils ! C'était donc la vérité ! Enfin la dernière caisse est transbordée, et tous les ex-pirates reviennent dans la timonerie. Les deux bateaux s'éloignent l'un de l'autre. Nous faisons demi-tour.

– Alors, dit Feliz, qu'est-ce qu'on va faire de lui ?

– Il faut qu'il gagne son passage ! répond l'un.

– Oui, oui, braillent les autres.

Feliz me regarde droit dans les yeux.

– Tu as fait une bêtise, dit-il, on t'a terrifié, on

est quittes. Mais maintenant, si tu veux arriver à temps chez toi, barre !

– Barre ?

– Conduis le bateau. Nous, on est fatigués.

Moi ? Le bateau ?

J'ai compris : ce ne sont pas des pirates, mais des fous, comme mon copain Charles. Feliz est on ne peut plus sérieux :

– Regarde, c'est un compas. Une boussole, si tu veux.

Ah, ça je connais, quand on fait des randonnées en forêt, c'est toujours moi qui l'ai.

– Eh bien voilà ! En bateau, c'est encore plus facile, il n'y a même pas d'arbres à éviter. Tu vois cette ligne ? Tu vois ce numéro ? Il faut les garder l'un sur l'autre pendant deux heures et on est arrivés. Ou alors, si tu préfères, on te jette à la mer. N'est-ce pas, les gars ?

Tout le monde se marre, sauf moi. Je n'ai jamais rien conduit d'autre que mon vélo, et là, je dois prendre la barre tout de suite. C'est pire que *Mortal Kombat*.

Entre les vagues et les coups de vent, le numéro et la ligne tendent à s'en aller chacun de leur côté. Mais après une demi-heure de sueurs froides, ça y est ! Je prévois les mouvements du bateau et je... quoi ?

– Tu gardes le cap, intervient Feliz.

Et pour la première fois, il sourit, avec plein de dents blanches dans la bouche. Il a enlevé son bandeau noir. Les autres ex-pirates me tapent sur l'épaule.

– Attention, pilote, ajoute Feliz. On met la gomme. Avance cette manette.

Le bateau bondit et accélère. C'est plus difficile, mais désormais, j'y ai pris goût.

À l'abordage ! Vive la piraterie ! Hissez le drapeau à tête de mort !

L'aube n'est pas encore là. Si j'étais sur le quai, je verrais le chalutier se glisser dans le port, feux et moteurs éteints, et retrouver la place qu'il a quittée cinq heures auparavant.

Je remarquerais aussi un homme descendre du bateau suivi par une ombre plus petite, moi. Ils marcheraient, en se cachant dans les zones sombres, et arriveraient près de la clôture, là où s'ouvre la bouche d'égout. Là, ils se serreraient solennellement la main.

J'allume ma lampe de poche et je disparais par la trappe. Feliz attend que je ressorte, quelques minutes plus tard, de l'autre côté. Non sans efforts, je remets en place la grille de l'égout, puis après un dernier signe d'adieu à Feliz, je me mets à courir au triple galop.

Je me suis débarbouillé au robinet du quai, changé, je me suis glissé dans le hamac et endormi comme une masse.

J'ai ronflé jusqu'à neuf heures, puis papa est apparu en tonnant :

– Debout les marins ! Hardi les gars, hisse et ho, yo, yo !

Je n'ai rien dit. Je me suis juste mis debout avec

les yeux comme des ballons de foot. Maman m'a gentiment demandé si j'avais bien dormi. Je ne voulais pas lui mentir, alors j'ai répondu :

– Pas très.

Et maman m'a dit :

– Va t'allonger sur la couchette du bas.

Je ne me le suis pas fait répéter deux fois. Au moment où je sombre dans le sommeil, j'entends la voix de Charles sangloter, puis celle d'autres personnes.

– Oui, Monsieur Dunan, votre fils a été noyé par les pirates, c'est de ma faute.

Adieu roupillon, je monte sur le pont.

Charles me tourne le dos, accompagné par le capitaine du port et deux policiers. Ses fringues sont sales et chiffonnées. Papa, qui connaît Charles – c'est lui qui l'a surnommé le Mytho –, prend une voix suave :

– C'est gentil de nous prévenir du sort tragique de Benoît, mais tu exagères sans doute un peu, non ? Merci messieurs, dit-il en s'adressant aux policiers, tout va bien, mon fils n'a jamais quitté le bateau, d'ailleurs, le voici.

Charles se retourne, me voit, devient tout blanc et tombe par terre comme un sac de patates. Je crois qu'on appelle ça un évanouissement. Finalement, papa l'a ramené sur le trois-mâts avec l'annexe. Il paraît que Charles s'est fait engueuler car il n'est pas rentré de la nuit… qu'il a d'ailleurs passée au poste de police à raconter son histoire de pirates.

Après ça, il n'a plus jamais parlé de pirates.

Non.

Maintenant ce sont les *cow-boys.*

Moi, je n'ai pas dit un mot de toute l'histoire.

Je raconterai tout ça aux parents... après les vacances. En sortant du port, direction les Canaries, papa m'a collé à la barre et, après un moment, je l'ai entendu dire à maman :

– Ce n'est pas parce que c'est notre fils, mais on dirait que barrer, il a fait ça toute sa vie.

– Oui, il a même l'odeur du poisson qui lui colle à la peau !

Les pirates d'eau douce

de Pascal Deloche et Barbara Castello
illustré par Dominique Rousseau

« *L'avant-centre marseillais dribble son défenseur. Il accélère... Il entre dans la surface de réparation. Attention, il va marquer le but de l'égalisation... Et NON ! Le goal s'envole et d'une claquette détourne le ballon en corner. Quelle parade ! L'équipe parisienne peut vraiment remercier son gardien.* »

Nabil Mohmmadnejad bondit de son canapé en jurant :

– Mais qu'est-ce qu'il tricote, ce jobastre ! Et bonne mère, ce n'est pas possible de rater un tel caviar !

Fou de rage, le jeune homme shoota dans une pile de journaux, qui atterrit devant le poste de télévision. Il regarda sa montre. Heureusement, le match venait de commencer. L'Olympique de Marseille avait encore largement le temps de revenir sur le Paris-Saint-Germain. L'enjeu de ce soir était important, car le vainqueur du match gagnerait la coupe de France.

Il reprit place sur son canapé. Il plongeait machinalement sa main dans un paquet de pistaches lorsque le téléphone sonna. D'un coup d'œil, il constata avec dépit qu'il avait oublié de brancher son répondeur. Qui osait le déranger un soir de finale ? À la septième sonnerie, il décida finalement de décrocher.

– Commissaire Mohmmadnejad ? fit une voix posée.

– Oui, c'est moi. Que veux-tu, Baptiste ? Où es-tu ? demanda Nabil, qui avait reconnu la voix de son lieutenant.

– Dans ma voiture. Désolé de te déranger pendant la finale, mais ils ont encore frappé, et cette fois, ici, à Paris.

– Qui ? interrogea le policier, qui travaillait simultanément sur plusieurs affaires.

– Les « pirates d'eau douce ». Ils viennent de braquer un bateau-mouche sur la Seine.

À ces mots, le sang du commissaire ne fit qu'un tour. Cela faisait onze mois qu'il traquait ces voleurs spécialisés dans l'attaque de bateaux fluviaux. Ils avaient déjà sévi sur le Rhône à Avignon, sur le Rhin à Strasbourg, mais aussi sur la Tamise à Londres et sur le Danube à Vienne…

Le plus étonnant était que ces pirates au grand cœur reversaient le montant de leur butin à des causes humanitaires.

– Quand cela s'est-il passé ? interrogea Nabil, les yeux rivés sur l'écran de la télévision.

– Il y a moins de quinze minutes. La brigade fluviale nous a alertés par téléphone.

– Où est le bateau ?

– Il vient de s'amarrer quai du Louvre, entre le pont des Arts et le pont du Carrousel. Les passagers et l'équipage sont sous le choc.

– Il y avait beaucoup de monde à bord ?

– Oui, tout le gratin du show-business français. Le bateau avait été affrété pour une soirée privée à l'occasion de la sortie d'un film à gros budget, expliqua Baptiste.

– Je vois très bien le tableau. Il va falloir marcher sur des œufs, répondit Nabil laconiquement.

– J'arrive quai du Louvre. Tu me rejoins ?

– Oui, tant pis pour mon match. Je serai là rapidement.

– Procédure habituelle ? Je fais boucler le périmètre ?

– Oui, et surtout ne laisse personne descendre du bateau.

– OK, Zizou. Je t'attends, conclut Baptiste avant de raccrocher.

Nabil sourit. Il aimait bien ce surnom que lui avaient donné ses collègues. D'origine kabyle comme Zinedine Zidane, il avait également vécu toute son enfance dans les quartiers nord de Marseille. À la différence près qu'il n'était pas une star du ballon rond mais un as de la police. En effet, à trente ans tout juste, ce jeune commissaire pouvait s'enorgueillir d'avoir résolu les plus grandes affaires criminelles de ces deux dernières années.

Les gyrophares des voitures de police zébraient la nuit d'éclairs bleutés. Nabil gara son scooter devant la passerelle de *L'Hirondelle*. Le bateau-mouche mesurait près de cinquante mètres de long. Sur le pont à ciel ouvert, il remarqua la présence d'une centaine de personnes. « Le tout-Paris… », songea-t-il.

Il rangea son casque sous la selle et enchaîna soigneusement son deux-roues à un arbre. Même dans la police, on n'était jamais trop prudent ! Puis, d'une démarche chaloupée, il s'approcha du planton posté au bas de la passerelle.

– Circulez, il n'y a rien à voir, déclara ce dernier.

– Je suis de la maison, répondit Nabil.

– Très drôle. File d'ici avant que je ne m'énerve.

Nabil réalisa qu'il ne s'était pas changé depuis qu'il avait abandonné son match de foot. Il portait une chemise de surfeur à rayures rouges et blanches, un jean noir et une paire de tennis. Il prit son portefeuille situé dans sa poche arrière et en sortit sa carte de police qu'il colla sous le nez du planton médusé.

– Euh… Excusez-moi, commissaire Mohmmadn… Monejadmm…, balbutia ce dernier qui peinait à déchiffrer le nom de famille.

– Mes collègues m'appellent Zizou, c'est plus simple, précisa-t-il avec un sourire en coin avant de s'élancer à grandes enjambées sur la passerelle.

Le lieutenant Baptiste de Saint-Fargeau accueillit son supérieur avec soulagement. Le contraste entre les deux hommes était saisissant. Nabil, grand, mince, le teint mat, avait un visage éclairé par de magnifiques yeux vert amande. Baptiste, lui, était blond, petit, rondouillard. Toujours tiré à quatre épingles, il portait un costume gris et des mocassins américains qui trahissaient ses origines bourgeoises.

– Comment se présente la situation ? interrogea Nabil avec son bel accent marseillais.

– Mal. Très mal. L'ambiance est électrique et les passagers sont traumatisés, répondit Baptiste. Ils se sont fait littéralement dépouiller : bijoux et argent liquide.

En jetant un bref coup d'œil par-dessus l'épaule de son lieutenant, Zizou reconnut plusieurs stars du grand écran, ainsi que des chanteurs et des animateurs de télévision.

– Eh bien, on va s'amuser pour gérer tout ce petit monde, soupira-t-il.

– Cela ne va pas être du gâteau. On commence par recueillir les dépositions ?

Nabil réfléchit quelques secondes :

– Non, je préférerais d'abord discuter avec le capitaine du bateau. Où est-il ?

– Au poste de pilotage, je crois. Il est bouleversé. Il culpabilise à mort.

– Très bien, je vais aller lui parler. Pendant ce temps-là, tu me trouves le producteur du film et l'organisateur de la soirée, puis tu me les amènes. OK ?

Baptiste acquiesça d'un signe de tête et tourna les talons.

– Renseigne-toi aussi sur le match de foot, lui cria Nabil.

– Tu ne veux pas que je t'apporte une télé portable, pendant que tu y es !

– C'est un ordre, et que ça saute, lieutenant !

Sanglé dans son uniforme, le commandant de *L'Hirondelle*, Jean La Rivière – au nom prédestiné – était adossé à la barre. Son teint gris et ses traits tirés révélaient combien le braquage de son navire l'avait affecté. Nabil, en fin psychologue, fit preuve de beaucoup de patience pour l'amener à relater les faits de façon claire et chronologique.

– Nous venions de passer le pont Sully lorsque les pirates nous ont abordés, expliqua Jean La Rivière. Et puis, tout s'est passé très vite… Excusez-moi, mais j'ai l'esprit embrouillé.

– Combien étaient-ils ? demanda le commissaire.

– Deux. Un homme et une femme.

Cette simple réponse lui confirma qu'il avait bien affaire au gang des « pirates d'eau douce ».

– Savez-vous comment ils sont montés à bord ?

– En Zodiac. Ils ont abordé l'arrière du bateau-mouche par tribord.

– Et ensuite ?

– Ils sont venus dans le poste de pilotage. Ils m'ont braqué et m'ont ordonné de poursuivre ma route comme si de rien n'était. Si je n'obéissais pas, ils ont menacé de tuer tout le monde. Puis ils ont gagné le pont supérieur pour dévaliser les passagers.

– D'ailleurs, mes invités sont furieux ! Ils refusent de rester une minute de plus sur ce maudit bateau ! tonna une voix derrière lui.

Surpris, Nabil se retourna et se trouva nez à nez avec Baptiste, encadré par deux hommes. Il fusilla du regard celui qui venait d'interrompre son interrogatoire. Le smoking blanc de l'un d'eux ne parvenait pas à cacher sa bedaine. Ses lèvres molles étaient refermées sur un cigare cubain. Tout en lui respirait la suffisance. Nabil devina aussitôt qu'il s'agissait du producteur mais ne put s'empêcher de demander :

– Baptiste, qui est ce monsieur ?

– Et vous, qui êtes-vous ? lui rétorqua le personnage en le toisant d'un regard hautain.

– Ici, c'est moi qui pose les questions. Mais pour votre information, je suis le commissaire Mohmmadnejad. Et si j'ai ordonné à mon adjoint de consigner à bord tous les passagers, aussi prestigieux soient-ils, c'est que j'ai mes raisons.

L'homme fulminait. Visiblement, il n'était pas habitué à ce qu'on lui parle sur ce ton. D'autant qu'il s'agissait d'un jeune beur ayant le grade de commissaire.

– Votre nom ? insista Nabil sans se laisser impressionner.

– Thibault Laroche-Vermeil. Je suis le producteur de *L'Odyssée éternelle*. J'ai réuni tous mes *amis* sur ce bateau pour fêter le lancement de mon film.

Le commissaire nota qu'il avait volontairement insisté sur le mot « amis » pour désigner ses invités. Une façon de lui montrer qu'il avait des relations.

– Et vous, monsieur, j'imagine que vous êtes l'organisateur de cette soirée ? poursuivit Zizou en s'adressant à l'autre homme.

– Je suis Francky Larroso. Ma société Rêve 2000 organise des soirées privées.

Le policier estima que Larroso avait le look de l'emploi. Grand, crâne rasé, pantalon de cuir et T-shirt moulant, il portait l'éternelle panoplie des noctambules qui se voulaient branchés.

– Messieurs, votre témoignage est capital, poursuivit Nabil. Chaque détail a son importance.

– C'est un scandale, s'emporta Thibault Laroche-Vermeil. On n'attaque pas un bateau-mouche en toute impunité au cœur de Paris. Que fait la police ?

– La police travaille, monsieur. J'enquête sur ces pirates depuis près d'un an et permettez-moi de vous dire qu'ils sont diablement astucieux. Alors, au lieu de vous énerver, faites appel à vos souvenirs. Cela me sera plus utile. Où étiez-vous lorsqu'ils ont fait irruption ?

– Sur le pont supérieur. Je m'apprêtais à prononcer mon discours de bienvenue.

– Moi, j'étais derrière le buffet dressé sur la droite du pont. Ils sont passés juste devant moi, ajouta Francky.

– Comment étaient-ils habillés ?

– Comme pour un carnaval, railla le producteur.

– Soyons précis, coupa Nabil, exaspéré par cet homme prétentieux et arrogant.

– Ils étaient jeunes... Moins de trente ans, précisa Larroso, soucieux d'aider la police. La fille et le garçon portaient des vêtements identiques : pantalon corsaire noir, ceinture rouge, chemise blanche à jabot. Leurs yeux étaient dissimulés par un loup et ils avaient les cheveux recouverts d'un foulard noir.

Zizou ne prenait jamais de notes. Il laissait ce soin à Baptiste. Ainsi, il pouvait parfaitement se concentrer sur son interrogatoire et observer ses témoins.

– Quelles armes avaient-ils lorsqu'ils vous ont menacés ? enchaîna-t-il.

– Ils possédaient tous les deux un pistolet de gros calibre, dit le commandant La Rivière. Ils semblaient sûrs d'eux et déterminés.

– Comment s'est déroulé le hold-up ?

– Ils sont montés sur l'estrade. Puis ils se sont présentés avec emphase et ont annoncé...

– Quels noms ont-ils donné ? interrompit le commissaire.

– Je ne me souviens plus. Un nom débile de

bande dessinée pour gamins attardés. Au début, mes invités ont cru que c'était une plaisanterie pour égayer la soirée.

– Je crois que la fille se faisait appeler Éléonore la Généreuse, et le garçon, Ambroise le Fier, intervint timidement Larroso.

– Ensuite, ils ont annoncé très courtoisement qu'ils allaient nous dévaliser. Ils voulaient uniquement l'argent liquide et les bijoux. Puis ils ont sorti deux sacs en plastique de leur chemise.

– Personne ne les prenait au sérieux, ajouta Francky. Alors le type a braqué son pistolet sur la tempe d'Annie Lavie, l'héroïne du film.

Malgré la gravité de la situation, Nabil ne put s'empêcher de sourire en imaginant la scène.

– Le message était clair... Ce n'était pas du cinéma, si je peux m'exprimer ainsi. Ces voyous ne plaisantaient pas, affirma Laroche-Vermeil en mâchouillant nerveusement son cigare éteint.

– Et ils ont tout pris ? interrogea Baptiste.

– Absolument tout. Le fric et les bijoux. Il y en avait pour une petite fortune. Les femmes avaient sorti leurs plus belles parures. Cette soirée restera comme le plus grand fiasco de ma carrière !

– Si on regarde le côté positif des choses, ce hold-up risque aussi de vous faire une sacrée publicité, ne put s'empêcher d'ajouter Zizou.

– Que voulez-vous insinuer ? postillonna Laroche-Vermeil en écumant de rage.

– Absolument rien, répondit-il calmement. Bon, ensuite que s'est-il passé ?

– La jeune femme a expliqué que le montant de leur vol servirait une noble cause. Elle a parlé d'une association qui s'occupait d'enfants atteints de mucoviscidose, mais son nom m'échappe, dit Francky.

– C'est la signature des « pirates d'eau douce », expliqua le commissaire. Chacun de leurs forfaits bénéficie à une organisation humanitaire. Le butin de l'attaque d'un bateau sur la Tamise a été versé aux orphelins du Vietnam. À Vienne, le braquage a bénéficié aux enfants victimes des mines, le vol sur le Rhône a permis de lutter contre la famine au Soudan.

– Vous voulez nous faire croire que ces voyous sont les « Robin des Bois » des temps modernes ? s'emporta le producteur.

– En quelque sorte... Ce sont des pirates au grand cœur, fit Nabil.

– Toujours est-il que vous ne parvenez pas à les coffrer, lança Laroche-Vermeil d'un ton ironique. Comment se fait-il que la police soit incapable de remonter jusqu'à eux par l'intermédiaire des associations humanitaires auxquelles ils donnent l'argent ?

– Parce qu'ils sont diablement malins. Ils font transiter l'argent par un jeu de virements bancaires anonymes. Ils utilisent des banques installées dans des paradis fiscaux comme les Bahamas ou les îles Caïmans. Il est impossible de remonter ces filières. Tout est parfaitement verrouillé...

– Vous voulez dire que mes invités n'ont pratiquement aucune chance de retrouver leurs biens ?

– Je le crains fort. Sauf si j'arrête rapidement ces malfaiteurs.

Exaspéré, le producteur regarda sa montre.

– Je dois aller rejoindre mes hôtes, commissaire. Ils doivent se demander où je suis passé.

– Attendez encore une minute. J'aimerais savoir comment les pirates ont filé.

Francky Larroso s'apprêtait à répondre lorsque le commandant La Rivière prit la parole.

– Le pirate m'a demandé de couper les moteurs et d'éteindre les projecteurs du bateau qui illuminent les berges de la Seine. Puis, avec sa compagne, ils sont partis comme ils sont arrivés : avec leur Zodiac. C'est seulement après leur départ que j'ai appelé la brigade fluviale avec la radio. Ensuite, j'ai amarré le bateau quai du Louvre.

– Très bien, messieurs. Merci pour votre précieuse collaboration, dit Zizou.

– Mes invités peuvent-ils rentrer chez eux ?

– Désolé, monsieur Thibault Laroche-Vermeil, mais mon enquête ne fait que commencer. Je dois recueillir leurs dépositions et leurs témoignages. Il leur faudra patienter une heure ou deux.

– Eh bien, c'est ce que l'on verra ! fulmina le producteur en quittant la passerelle d'un pas rageur.

Nabil ne lui accorda aucun regard. Posément, il prit sa radio et contacta la brigade fluviale. Il demanda qu'une patrouille fouille les berges de la Seine de fond en comble afin de retrouver le Zodiac des pirates d'eau douce.

Sur le pont supérieur, Baptiste et Nabil prenaient les dépositions des passagers. Tous deux étaient installés derrière la table du buffet qui avait été nettoyée par Francky Larroso lui-même.

L'ambiance était houleuse. Visiblement, les stars du showbiz n'appréciaient guère d'être traitées comme le commun des mortels. Le commissaire tentait de garder son calme malgré le harcèlement incessant du producteur.

– Dans quelle langue dois-je vous le dire, monsieur Laroche-Vermeil ? Tout le monde reste consigné à bord. Point à la ligne. Et cessez de m'importuner toutes les trente secondes.

Par défi, l'homme ventripotent souffla la fumée bleutée de son cigare vers son interlocuteur.

– Cela ne se passera pas comme ça ! J'ai des amis haut placés, fit-il en brandissant son portable et en s'éloignant.

Nabil ignora la menace et se concentra sur la déposition qu'il était en train de prendre. Une femme brune, élégante, d'une cinquantaine d'années lui faisait face. Nabil se souvenait de l'avoir vue jouer dans un film dont le titre lui échappait.

– Reprenons, s'il vous plaît. Je vous écoute, madame.

– Ils m'ont tout volé, inspecteur.

– Commissaire, corrigea-t-il.

Surprise par le titre de ce dernier, l'actrice marqua un temps d'arrêt puis reprit :

– Commissaire, ils m'ont pris ma bague en diamants, mon collier en émeraudes de chez Cartier et mes boucles d'oreilles. Je n'ai plus rien. Je me sens nue comme un ver !

Tout en remplissant son formulaire, Nabil demanda :

– Vos bijoux étaient-ils assurés ?

– Oui. Je les avais photographiés. Je suis d'une nature prudente, commissaire. Mais puis-je me permettre une question ? Croyez-vous vraiment que ces gangsters vont reverser le montant de leur vol à une association humanitaire ?

– Oui, je le pense. Jusqu'à présent, ils l'ont toujours fait.

– Eh bien, d'une certaine façon, cela me console de savoir que la vente de mes bijoux permettra de faire avancer la recherche sur la mucoviscidose, murmura l'actrice avec philosophie.

Zizou sourit. Au fond de lui-même, il ne pouvait s'empêcher de trouver ces pirates sympathiques. Cela le changeait des fripouilles qu'il traquait à longueur de journées.

– Avez-vous remarqué quelque chose de particulier, un détail ?

Son interlocutrice se passa la main dans les cheveux d'un geste bien féminin.

– Je suis certaine que sous son masque, le garçon devait avoir un très beau visage, dit-elle en connaisseuse. Et la fille avait un corps de rêve ! Un peu comme moi, il y a quelques années…

– Rien d'autre ?

– Ah, si, maintenant je me souviens. Cette Éléonore portait une grosse bague à la main droite.

Une sorte de chevalière en or. Cela m'a frappée car elle ressemblait à celle de mon père.

Nabil remercia l'actrice pour sa collaboration. Il était sur le point de s'accorder deux minutes de pause afin de se renseigner sur l'évolution du match OM/PSG lorsqu'un jeune homme blond se planta maladroitement devant lui. Ses *dread-locks* à la Bob Marley, son jean délavé et ses petites lunettes rondes d'intellectuel ne collaient pas avec le look des autres invités.

– Que puis-je faire pour vous ? demanda Zizou, intrigué.

– J'aimerais vous parler deux minutes, commissaire.

– C'est à propos du vol ?

– Oui, j'ai peut-être une bonne information.

– Très bien. Qui êtes-vous ?

– Max Malissette, je suis ingénieur du son.

Nabil se leva de sa chaise et l'entraîna près du bastingage. Les lumières de la ville scintillaient à la surface des eaux noires de la Seine.

– Avant de s'enfuir, les deux pirates nous ont réunis à l'avant du pont supérieur. Ils nous ont interdit de bouger et nous ont ordonné de regarder droit devant nous et de ne surtout pas nous retourner. Puis le commandant a coupé les moteurs et…

– … éteint les projecteurs.

– Vous êtes déjà bien renseigné.

– C'est mon métier, répartit Nabil, ne voyant pas très bien où cet homme voulait en venir.

Ce dernier ajusta machinalement ses lunettes et poursuivit :

– Ensuite, ils ont couru sur le pont pour rejoindre leur Zodiac amarré à l'arrière du bateau. C'est là que cela devient intéressant. J'ai tout d'abord perçu un choc sourd. Une sorte de « poufff » qui ressemblait au bruit que fait une personne en sautant dans une embarcation en caoutchouc. Puis, juste après, j'ai nettement entendu un « splash ». Un son beaucoup plus aigu.

– Effectivement, c'est étrange. D'après vous, le second pirate serait tombé à l'eau ?

– Non, le « splash » n'était pas assez fort. Cela ne correspond pas du tout au bruit d'impact d'un corps qui tombe à l'eau. Je dirais plutôt que c'était un objet de petite taille et j'ajouterais qu'il n'était pas très lourd.

– Vous en êtes certain ? interrogea Zizou en se grattant le menton.

– J'en mettrais mes oreilles à couper. Vous savez, commissaire, le son est mon métier. Je suis un peu comme les aveugles, j'ai une ouïe très développée. J'entends des choses que les autres ne remarquent pas !

– Je veux bien vous croire. Alors, si je vous comprends bien, vous me suggérez que le second pirate n'a pas embarqué sur le Zodiac et qu'il a jeté quelque chose dans l'eau.

– Pas exactement. J'ai simplement dit que je n'ai entendu qu'une seule personne sauter à bord du Zodiac. Cela, j'en suis sûr à cent pour cent. Mais peut-être que l'autre pirate s'est laissé glisser le long de la coque avant de monter ou a sauté une fois que le moteur avait démarré.

– Effectivement, c'est possible. En tout cas, je vous remercie pour votre témoignage.

L'ingénieur du son prit congé du commissaire et repartit se mêler à la horde des invités. Nabil resta un moment à contempler la Seine, les yeux perdus dans le vague. Il ne savait pas comment prendre cette information. Fausse piste ou indice sérieux ?

Il balaya la foule du regard à la recherche de son adjoint. Il le trouva près du mât où flottait un drapeau de la ville de Paris, en pleine discussion avec Laroche-Vermeil.

Il se fraya un passage au milieu des stars. Les effluves de parfums luxueux lui chatouillaient les narines.

– Baptiste, j'ai à te parler, dit-il en arrivant près de son collègue.

Le producteur se rua alors vers lui et lança d'un ton acerbe :

– Ah, commissaire, vous tombez à pic. Cette situation devient intolérable. Nous ne sommes pas vos otages. Laissez-nous descendre immédiatement de ce bateau !

– Je mène mon enquête comme je l'entends, répondit Zizou en entraînant Baptiste à l'écart.

Les deux hommes se dirigèrent vers l'arrière du bateau sans prêter attention au producteur. Ils avaient d'autres soucis en tête.

– L'enquête piétine. Je nage en plein brouillard. Pas la moindre piste à se mettre sous la dent, avoua Baptiste avant d'ajouter : Je viens d'avoir une nouvelle qui ne va pas te faire plaisir.

– Je t'écoute, fit Zizou qui s'attendait au pire.

– Le PSG mène deux à un contre l'OM. Un but inscrit à la soixante-douzième minute sur coup franc.

– Pauvre fada, tu n'as vraiment rien de mieux à m'annoncer ? Quelle soirée pourrie ! jura Nabil en regardant sa montre pour savoir de combien de temps son club disposait pour égaliser.

Puis, préférant oublier le match, il rapporta en détail la discussion qu'il venait d'avoir avec l'ingénieur du son.

– Intéressant... Mais toi, qu'en penses-tu ? demanda Baptiste.

– Je suis dubitatif. Peut-être que le second pirate a effectivement sauté dans le Zodiac une fois que le moteur tournait, ce qui expliquerait que Max n'ait rien entendu.

– Oui, mais dans l'hypothèse où il n'aurait pas sauté...

– Cela signifierait qu'il est toujours à bord du bateau. Mais pour quelles raisons, ça je n'en sais rien.

– Cela équivaudrait à se jeter dans la gueule du loup. Nos pirates ne pouvaient ignorer que le bateau serait truffé de flics une fois l'alerte donnée, dit Baptiste.

– Effectivement, c'est particulièrement risqué.

Mais c'est un sacré coup de poker. Qui penserait à le chercher ici ? Ni toi ni moi, *a priori*.

– Et puis, une fois que nous aurons pris toutes les dépositions, nous serons bien obligés de relâcher tout le monde. Et là, *bye-bye*… Rien de plus facile que de descendre la passerelle incognito, avec les bijoux et l'argent planqués dans un sac, conclut le lieutenant.

– En tout cas, la piste vaut la peine d'être creusée, trancha Zizou. Fais-moi fouiller ce bateau de fond en comble. Le pirate est peut-être caché à bord. Et si on ne le trouve pas lui, on a une chance de mettre la main sur son déguisement ou sur le butin. Tout doit y passer : la salle des machines, les cuisines, les toilettes… Prends deux ou trois agents pour t'aider. Et prudence ! N'oublie pas que notre suspect est armé.

– Ne t'inquiète pas. Mais une autre hypothèse est à envisager… Imagine qu'il ait un complice à bord ? avança Baptiste.

– J'y avais pensé, figure-toi. Allez, file. J'ai ma petite idée pour tenter de débusquer un éventuel comparse, répondit Nabil, énigmatique.

Le commissaire repéra aisément Thibault Laroche-Vermeil et Francky Larroso. Les deux hommes étaient en pleine discussion en haut de la passerelle. Il fonça vers eux comme un lion sur sa proie.

– Messieurs, je vais encore vous mettre à contribution, annonça-t-il avec un sourire provocateur.

– On vous a déjà tout raconté, mais apparemment cela ne vous a guère servi. Vous devriez regarder *Colombo* un peu plus souvent, le nargua le producteur.

– Je ne rate jamais un épisode. Mais cette fois, je n'ai pas de questions à vous poser. Cela vous économisera de la salive !

Zizou marqua un temps d'arrêt pour observer la surprise affichée par ses interlocuteurs.

– J'aimerais que vous me donniez la liste complète de vos invités. Et vous, monsieur Larroso, le détail du personnel que vous avez embauché pour cette soirée.

– Je l'ai ici, répondit ce dernier en fouillant dans la poche de son pantalon d'où il extirpa une feuille de papier toute chiffonnée.

Nabil parcourut rapidement la liste des noms tandis que Francky ajoutait :

– Je réponds de mon personnel comme de moi-même. Je connais tous mes gars.

Le policier hocha la tête mais conserva la liste.

– Qu'est-ce que c'est que cette histoire ! tonna Laroche-Vermeil. On nous soupçonne, maintenant ? Et puis quoi encore… Vous avez vraiment une drôle de façon de mener votre enquête. Il y a longtemps que les pirates ont regagné leur planque pour compter leur magot.

– La liste de vos invités, s'il vous plaît, insista le commissaire en tendant la main.

– Je ne l'ai pas sur moi. Elle est restée à mon bureau. Un petit conseil, ne vous avisez pas d'importuner mes hôtes.

Nabil ignora la mise en garde et prit congé des

deux hommes. Il n'était guère avancé. Il n'allait pas s'amuser à demander à chaque invité son carton d'invitation.

Il décida de rejoindre les fonctionnaires de police qui continuaient à prendre les dépositions. « Peut-être ont-ils relevé un nouveau détail intéressant », songea-t-il.

Au même moment, une superbe brune tout droit sortie d'un magazine de mode se planta devant lui. Zizou remarqua immédiatement la beauté parfaite de son visage. Ses longs cheveux tombaient en cascade sur ses épaules nues, ses immenses yeux bleus et sa bouche pulpeuse étaient mis en valeur par un maquillage discret.

– Puis-je abuser de votre temps, inspecteur ? dit-elle avec un fort accent italien.

– Commissaire Mohmmadnejad, reprit Nabil, subjugué par la grâce de cette femme tout de noir vêtue.

– Enchantée, fit-elle en lui tendant la main. Adriana Rossi, journaliste à l'*Espresso*. Je m'occupe des pages *people* du magazine. Votre enquête progresse-t-elle ?

À ces mots, le visage de Nabil se ferma.

– Écoutez, je n'ai vraiment pas le temps de vous accorder une interview. Contactez-moi dans quelques jours. Je verrai ce que je peux faire pour vous.

– Vous me donneriez l'exclusivité de cette histoire ? Vous savez, ce couple de pirates au grand cœur fascine nos lecteurs. L'idée d'offrir leur butin à une association humanitaire est géniale. On a envie d'en savoir plus.

– Je ne vous promets rien, mais je ferai tout mon possible pour vous aider.

– *Grazie mille*. Vous êtes *fantastico*, commissaire ! Avez-vous une carte de visite ? Je vous téléphonerai dans quarante-huit heures.

Nabil griffonna rapidement le numéro de son bureau sur un ticket de métro usagé. Il avait hâte de reprendre le fil de son enquête. Adriana embrassa le ticket avant de le glisser dans un grand sac noir qu'elle portait en bandoulière.

– Je vous promets d'écrire l'un des plus beaux papiers de ma carrière. Vous ne serez pas déçu.

– J'espère bien faire la couverture de votre magazine ! Surtout si j'arrive à attraper ces pirates.

– Je vous le souhaite de tout cœur, assura la journaliste avec un sourire enjôleur.

Nabil s'apprêtait à la quitter lorsque la belle Italienne referma ses doigts manucurés sur son bras.

– Écoutez, puisque vous jouez franc jeu avec moi, je peux peut-être vous aider, dit-elle à voix basse.

– Vraiment ?

– Oui. Vous voyez là-bas, le photographe adossé au buffet, à côté de ce *magnifico* bouquet d'iris ? fit-elle en pointant l'index dans sa direction.

Zizou repéra sans mal le reporter bardé d'appareils photo.

– Et alors ?

– Lorsque le Zodiac a pris la fuite, j'ai vu un éclair de flash zébrer la nuit. Je suis certaine que ce garçon a pris une photo.

Le commissaire ne put dissimuler sa surprise. Il sentit une bouffée de chaleur l'envahir. Il remercia chaleureusement la journaliste, qui le retint une nouvelle fois par le bras.

– Vous n'oublierez pas notre pacte. Vous me livrez la primeur de vos informations pour mon article. Je compte sur vous.

– Je n'ai qu'une parole, jura le policier tout excité par ce rebondissement.

Nabil discutait ferme avec le photographe depuis bientôt cinq minutes.

– Je vous le répète pour la dernière fois, quelqu'un vous a vu faire une photo. Cessez donc de le nier et remettez-moi ce film.

– Et la liberté de la presse ! se défendit le jeune homme.

– Ne commençons pas ce petit jeu. Vous détenez peut-être une preuve essentielle pour mon enquête. Alors, ou vous me donnez ce film, ou je vous fais coffrer sur-le-champ pour entrave à la justice.

Le reporter réfléchit quelques secondes.

– Bon, très bien. J'ai effectivement fait une photo. Mais je n'ai pas eu le temps de la cadrer.

– Peu importe. Alors, cette pellicule ? s'impatienta Zizou.

– Écoutez, je vais perdre un scoop. Personne

n'a jamais réussi à photographier ces « pirates d'eau douce ». Mon cliché vaut de l'or.

Le commissaire ne voulait plus perdre de temps à discuter. Chaque minute comptait. Mais d'un autre côté, il se mettait à la place du photographe.

– OK, je vous propose un marché. Vous me donnez votre film. Je le fais développer. Je garde le tirage qui m'intéresse et je vous rends les négatifs dans la soirée.

– Cela me va très bien, répondit le reporter, soulagé.

Il fouilla dans son sac et tendit la précieuse bobine. Nabil la fit sauter deux fois dans sa main et s'éloigna à la recherche de Baptiste.

Il le trouva dans les cuisines, suivi comme son ombre par deux agents en uniforme.

– Alors ? interrogea-t-il.

– Rien. Chou blanc. Personne ne se cache à bord. Pas l'ombre d'un déguisement, pas la moindre trace des bijoux. On a tout fouillé. Et toi ?

– Je vais bientôt savoir si notre pirate se dissimule parmi les invités, annonça fièrement Nabil.

Il montra la pellicule à Baptiste. Puis, tout en l'entraînant vers la passerelle, il lui résuma les nouveaux éléments de l'enquête :

– Si, sur la photo, il n'y a qu'un seul pirate dans le Zodiac, on aura la preuve que l'autre est resté à bord du bateau-mouche. Et là, fais-moi confiance, on va lui mettre la main dessus, conclut-il.

– Dis donc, tu dois une fière chandelle à cette journaliste italienne.

– Oui. D'ailleurs, regarde, elle est là-bas.

Zizou agita le film dans la direction de la jeune femme avec un sourire satisfait. Elle lui répondit d'un signe gracieux de la main.

– Jolie fille, commenta le lieutenant impressionné.

– Ce n'est pas le moment de draguer. Tiens, prends les clefs de mon scooter et trouve un labo pour développer ce film.

– À cette heure ?

– Débrouille-toi et mets le turbo. Je veux cette photo dans moins d'une heure.

– C'est comme si c'était fait, chef, plaisanta Baptiste en s'élançant sur la passerelle.

Nabil allait remercier Adriana pour son précieux coup de main lorsqu'il reçut un appel sur sa radio.

Il porta l'émetteur à sa bouche :

– Nabil, j'écoute.

– Ici Pierrot, de la brigade fluviale. Tu me reçois ?

– Affirmatif. Alors, du neuf ?

– Oui, mes gars viennent de retrouver ton Zodiac.

– Où ça ?

– Près du pont de Tolbiac. Il était amarré entre deux péniches.

– Des indices ? poursuivit Zizou.

– Rien. Tes pirates se sont volatilisés. Quand nous sommes arrivés, le moteur était déjà froid.

– Je te remercie, Pierrot. Tes hommes arrêtent les recherches ?

– Non, je vais les laisser patrouiller encore une heure ou deux. On ne sait jamais, avec un peu de chance, ils tomberont peut-être sur un témoin.

– Tu me tiens au courant.

– Compte sur moi. On va bien finir par les coincer, tes lascars.

– Attends, ajouta Nabil. As-tu le score du match ?

– Deux à deux, à l'issue du temps réglementaire. Les prolongations viennent de commencer.

Satisfait par cette information, Zizou coupa sa radio. Marseille avait encore toutes ses chances de remporter la finale.

– Commissaire, interpella le producteur qui avait entendu toute la conversation. On dirait que les oiseaux ont quitté leur nid... Les nouvelles sont plutôt mauvaises.

– Pas tant que cela. J'attends de nouveaux éléments d'ici quelques minutes. Alors, s'il vous plaît, laissez-moi travailler.

Laroche-Vermeil se planta devant lui et dégaina son téléphone portable :

– Tout doux, mon cher. Je viens de joindre le préfet de police. C'est un ami de longue date. Je lui ai fait part de votre attitude bornée. Il a trouvé inadmissible que vous traitiez mes invités comme de vulgaires témoins. D'ailleurs, il m'a demandé que vous le rappeliez de toute urgence.

Joignant le geste à la parole, le producteur appuya sur la touche *bis* de son téléphone et le tendit à Nabil.

Le visage du policier était blême. Le préfet décrocha à la première sonnerie. La conversation fut brève et sèche.

– Très bien, conclut Zizou après avoir raccroché. Vous avez gagné. Le préfet a été catégorique : vos invités peuvent quitter le bateau. Mais seulement ceux qui ont effectué leur déposition. Est-ce clair ?

– Tout à fait, commissaire. Je m'en vais leur annoncer la bonne nouvelle de ce pas.

Nabil l'aurait volontiers étranglé. À la fois écœuré et révolté, il n'était pas près de digérer ce coup bas. Laroche-Vermeil avait réussi à saboter son enquête. Le monde du showbiz était vraiment pourri. Qu'avait-il raconté au préfet pour le convaincre aussi facilement de prendre position contre lui ? Le policier tenta de se calmer mais il bouillait comme une chaudière prête à exploser.

La mort dans l'âme, il regardait descendre les premiers passagers quand il aperçut soudain un agent de la brigade fluviale qui tentait de remonter la passerelle à contresens. Nabil lui fit un signe de la main.

Quinze secondes plus tard, l'homme arriva sur le pont tout essoufflé et salua son supérieur.

– Nous venons de trouver ceci, dit-il en brandissant un sac poubelle mouillé. Il était coincé contre l'un des piliers du pont Royal.

Zizou plongea la main à l'intérieur et sortit des vêtements : un pantalon corsaire noir, une chemise blanche à jabot et une ceinture rouge. La signature était claire : il s'agissait du déguisement de l'un des pirates. Il remarqua que la chemise embaumait le parfum de femme. Il remercia son collègue puis le congédia.

L'esprit en ébullition, il analysa les conséquences de cette découverte. Primo : l'ingénieur du son avait raison. Le « splash » qu'il avait entendu correspondait certainement au bruit qu'avait fait le sac poubelle en tombant dans l'eau. Secundo : si Éléonore la Généreuse s'était débarrassée de ses vêtements, cela signifiait qu'elle s'était glissée parmi les invités. Cette hypothèse serait confirmée au vu de la photo.

En attendant le retour de Baptiste, il décida de suspendre le débarquement des passagers. Il ne pouvait pas prendre le risque de laisser filer sa proie. Il repéra les deux agents qui avaient aidé son adjoint à fouiller le bateau. Il les escorta jusqu'à la passerelle et leur ordonna d'en bloquer l'accès.

– C'est un scandale ! s'emporta un chanteur.

– Laissez-nous descendre ! cria un homme en smoking noir.

Alerté par ce chahut, Thibault Laroche-Vermeil ne tarda pas à faire son apparition.

– Vous êtes devenu fou, commissaire ?

– Je vous assure que j'ai toute ma tête. Plus personne ne débarque jusqu'à nouvel ordre.

– Et pourquoi donc ?

– J'ai mes raisons. Point à la ligne. Encore un mot et je vous coffre.

Nabil redoutait qu'il fasse un esclandre. Il ne pouvait pas se permettre de lui dire qu'Éléonore la Généreuse était certainement à bord. Il devait garder cette information pour lui. C'était sa seule chance de l'arrêter par surprise.

Il prit Laroche-Vermeil fermement par le bras et l'attira à l'écart.

– Vous pouvez appeler le préfet de police, mais dites-lui que j'assume l'entière responsabilité de ma décision. Même si cela doit me coûter ma place de commissaire !

Le producteur n'eut pas le temps de lui répondre car Baptiste arrivait en brandissant une pochette. Nabil courut à sa rencontre.

– Alors ?

– Je l'ai, dit le lieutenant hors d'haleine.

Fébrilement, il sortit la photo et la colla sous le nez de Zizou. Elle était d'une grande netteté. Sur le Zodiac, il vit une seule silhouette. Elle était de dos.

– On tient le bon bout. La chance commence à tourner, jubila-t-il tout excité. Appelle des renforts, on prendra le temps qu'il faudra pour débusquer notre pirate.

En sortant la radio de la poche de sa veste, Baptiste fit tomber une petite enveloppe par terre.

– Ah, j'allais oublier… C'est pour toi ! dit-il en la ramassant.

Zizou la décacheta et sortit un petit bristol glacé sur lequel couraient plusieurs lignes écrites à l'encre mauve. Il le lut rapidement.

– Qui t'a donné ce mot ? cria-t-il. Vite, réponds !

L'adjoint regarda son chef, interloqué.

– Alors ? Parle !

– Euh... C'est la belle journaliste italienne. Je l'ai croisée au pied de la passerelle sur le quai.

– Mais ce n'est pas vrai ! jura Zizou. Je suis maudit, bonne mère !

Il tendit le bristol à son lieutenant éberlué qui lut à haute voix :

Cher commissaire,

Je sais que vous nous traquez, mon frère et moi, depuis bientôt un an. Aussi, je rêvais de faire votre connaissance. Prenez-le comme un défi personnel... Sachez simplement que vous ne m'avez pas déçue et que je vous ai trouvé extrêmement sympathique. Je suis certaine que vous comprendrez notre désir d'aider les enfants défavorisés. Alors je vous dis à très bientôt. On se retrouvera sur un fleuve, quelque part en Europe...

Éléonore la Généreuse

Baptiste n'en croyait pas ses yeux. Il rendit le carton à Nabil qui hurla :

– Quel culot ! Quel cran ! En cinq ans de carrière, c'est la première fois que je vois un truc pareil.

Il ferma les yeux et se repassa le film de sa rencontre avec la jeune femme. Il la revoyait parfaitement. Ses longs cheveux, son sourire charmeur, son corps de rêve... Elle s'était bien moquée de lui avec son petit numéro de journaliste italienne. Il la revit pointer le doigt vers le photographe et un détail lui revint à l'esprit.

– J'aurais pu la coincer, ragea-t-il. Elle avait commis une erreur.

– Ah bon ?

– Lorsqu'elle m'a désigné le photographe, son majeur était orné d'une grosse chevalière en or. Sur le moment, je n'y ai pas prêté attention, mais maintenant je me souviens bien de ce détail. Il aurait dû me mettre la puce à l'oreille car c'était la seule femme à posséder encore un bijou. Toutes les autres se les étaient fait voler.

– Tu ne peux pas t'en vouloir, dit Baptiste.

– Si, je m'en veux… D'autant plus que l'une des actrices dont j'avais pris la déposition avait remarqué qu'Éléonore la Généreuse portait une chevalière en or. Je suis vraiment un minable… Comment ai-je fait pour ne pas recouper ces deux indices !

Sa colère passée, Zizou haussa les épaules et ajouta :

– J'aimerais bien savoir si elle a fait exprès de garder sa bague pour me donner une chance. Ou si c'était un simple oubli qui aurait pu lui coûter cher.

– Tu le sauras le jour où tu l'arrêteras.

– Je vais t'avouer un truc, Baptiste. Je les trouve plutôt sympathiques, nos deux pirates. Ils ne font de mal à personne, soutiennent une noble cause… Je n'ai pas vraiment envie de les voir derrière les barreaux.

Un sourire aux lèvres, Baptiste regarda Zizou. Ce dernier lui donna une grande claque amicale dans le dos et dit :

– Allez, on remballe, et on libère nos amis du showbiz.

Au même instant, sa radio grésilla :

– Oui ? fit-il de mauvaise humeur.

– C'est Pierrot, de la fluviale. Marseille a gagné la coupe de France. Le match s'est joué aux tirs au but : 6 à 5 pour l'OM.

– Génial ! cria Zizou dans la radio. C'est la première bonne nouvelle de la soirée. Merci, vieux. Je fonce chez moi regarder la cassette !

La flibuste

d'Émile Desfeux
illustré par André Benn

Le train fonce dans la brume. « Du brouillard en plein été ! s'étonne Éric. C'est bien la Bretagne, ça ! J'espère que j'aurai une meilleure météo pour naviguer. »

Ce voyage n'en finit toujours pas... Depuis Marseille, Éric a traversé toute la France et changé trois fois de train pour rejoindre Saint-Malo.

Son oncle l'a invité à passer une semaine sur son voilier. Lorsque ses parents ont accepté – après tout, il a quinze ans et c'est la première fois qu'il part en vacances sans eux –, il a bondi de joie, bouclé ses bagages et révisé toutes ses connaissances en navigation. C'est la première fois aussi qu'il va rencontrer son oncle, un vrai loup solitaire, passant le plus clair de son temps au milieu des océans, loin de toute civilisation. Cette invitation est une aubaine unique qu'il ne fallait manquer pour rien au monde !

Dans sa précipitation, il a oublié le nom des petites îles où son oncle veut l'emmener. Il s'en moque, le seul fait de naviguer avec un tel marin lui suffit. Qu'il pleuve et qu'il vente ne feront finalement qu'ajouter du piment à l'aventure !

Éric se rend compte qu'il ne sait rien du bateau qu'il est censé rallier. Il n'en connaît que le nom : *Le Cavalier Volant*. Il imagine un catamaran tout neuf, blanc, propre, avec de grandes cabines et beaucoup de place sur le pont…

Le train ralentit enfin. Il s'arrête et ses portes s'ouvrent sur une brume qui semble encore avoir gagné en densité. Atmosphère magique mais un peu angoissante, tout de même ! Un homme au visage exsangue, la face mangée par d'énormes lunettes noires, émerge du brouillard :

– Saint-Malo ! Saint-Malo ! Terminus ! Tout le monde descend ! annonce-t-il d'une voix plutôt lugubre.

Aussitôt, l'étrange chef de gare disparaît, happé par la brume.

À l'intérieur, les guichets sont fermés. Personne… Le plan de la ville est affiché au mur. Éric repère le port de plaisance que l'on atteint en longeant le front de mer. Un peu étonné de ne voir âme qui vive, le jeune marin sort de la gare et se met à marcher en direction de son lieu de rendez-vous. La marée basse laisse découverte une portion de sable qui double l'étendue de la plage. Au loin, Éric devine l'ombre impressionnante des murailles de Saint-Malo.

Il pose son sac sur le sable et s'assoit. Il bâille. Ce voyage l'a tant fatigué qu'il ferait volontiers une sieste malgré la fraîcheur de l'air.

« Dire que c'est l'été », murmure-t-il encore avant de se remettre en route.

Sur les quais du port, le brouillard semble se dissiper. Éric admire le spectacle : une centaine de bateaux amarrés, plus beaux les uns que les autres : des yachts, des catamarans, des ketchs...

Près de lui, un groupe de plaisanciers discute.

– S'il vous plaît, demande le garçon à l'un d'eux, savez-vous où se trouve le yacht *Le Cavalier Volant ?*

– *Le Cavalier Volant ?* Connais pas, et toi, Jean ?

– C'est pas de mon côté du quai... Désolés, on sait pas...

Perplexe, Éric s'assoit sur son sac, tandis que les hommes poursuivent leur conversation, très animée, semble-t-il.

– Mais puisque je te le dis !

– Tu me le dis, mais j'ai du mal à te croire. Comment veux-tu qu'un bateau aussi gros vienne, dans le brouillard, à marée basse, et jusqu'au port ? Il lui faudrait des chenilles...

Écoutant d'une oreille distraite la discussion, Éric aperçoit soudain, au milieu de la rade, un point sombre. Un bâtiment, différent de tous les autres, haut de bord, pansu, peint en noir et or, voiles et gréement rouge sang.

« Quel mauvais goût, pense le jeune homme, un vrai fourgon mortuaire de première classe ! »

– Et ce bateau-là, c'est quoi ? demande-t-il aux marins.

– Eh bien, vous posez la bonne question. Figurez-vous qu'un rideau de brouillard est tombé il y a deux heures. On n'en avait encore jamais vu en cette saison...

– Quand le ciel a commencé à se dégager, ce truc était ancré à la place qui me revient. Il n'était pas là avant, pour sûr ! résume l'un des plaisanciers en s'éloignant.

Resté seul sur le quai, Éric se demande encore comment il va faire pour trouver *Le Cavalier Volant*.

« Quel idiot je suis ! Mais oui, bien sûr ! » se dit-il en sortant ses jumelles de son sac. Il commence à examiner le nom de tous les bateaux. Pas de *Cavalier Volant*.

Par curiosité, il observe aussi le navire noir, ancré au milieu de la rade. Sur la proue est sculpté un Neptune chevauchant un cheval marin. Au-dessous, dans une écriture biscornue et dorée, apparaît le nom du bateau : *Le Cavalier Volant*. Une légère inquiétude le saisit.

– Il est beau, hein, mon navire ? tonne une voix de basse, en plein dans ses oreilles.

Éric sursaute et se retourne. Un géant, vêtu d'un pantalon trop court et d'un gilet en cuir porté à même la peau, le regarde avec les yeux d'un fou. Ne sachant que répondre, le garçon hasarde un timide :

– Il n'a pas l'air tout neuf…

– Il n'est peut-être pas tout neuf, mais il n'est pas vieux non plus. Construit en 1559, qu'en dis-tu ? Idéal pour la flibuste ! déclare l'homme en riant de toutes ses dents.

Éric ne comprend pas.

– La quoi ?

– La flibuste, ça vient du mot hollandais *vrijbuiter :* « qui fait du butin librement », répond-il en lui envoyant une tape amicale sur l'épaule, qui l'envoie valser deux mètres en avant. On va avoir du bon temps, tous les deux !

– Mais… qui êtes-vous ?

– Je suis Fleury, le capitaine du *Cavalier Volant !* braille le géant.

– Mon oncle !

La voix caverneuse vient de la mer. La chaloupe du *Cavalier Volant* s'approche du quai.

Quatre marins à la mine patibulaire font de grands gestes. Fleury, dédaignant le quai, entre dans l'eau sale du port jusqu'à mi-cuisse. Il se retourne vers Éric.

– Alors, qu'est-ce que t'attends ? Tu veux que je te porte, peut-être ?

Complètement dépassé par les événements, le garçon, portant son sac à bout de bras, patauge derrière le capitaine.

De près, les marins paraissent encore plus repoussants. Ils sentent le poisson pourri, portent des vêtements informes, noirs de crasse. Ils se mettent à manier les grosses rames si adroitement que la lourde barque file comme un hors-bord sur l'eau immobile du port. En quelques minutes à peine, l'embarcation touche les flancs noirs du trois-mâts. Deux grappins accrochés à des câbles tombent alors sur eux. Ho hisse ! Chaloupe, rameurs, capitaine, Éric et son sac, sont soulevés à quinze mètres au-dessus de la mer et arrivent à bord du *Cavalier Volant*.

Le quartier-maître, qui les accueille, ressemble à un sanglier. À peu de chose près, il est de la même taille que Fleury. Éric remarque un détail incongru : un fouet enroulé à sa taille lui sert de ceinture.

– Bienvenue à bord ! braille-t-il au garde-à-vous.

– Merci, Fichu. Conduisez le mousse à ses quartiers, dit le capitaine.

Puis, s'éloignant vers le château de poupe, il crie :

– Hissez les voiles ! Levez l'ancre !

– Veuillez m'accompagner, monsieur, ricane Fichu en s'adressant avec une politesse exagérée à Éric.

Son sac sur l'épaule, le garçon trottine derrière le quartier-maître. Ils traversent le pont en direction de la proue. Le jeune Marseillais ouvre de grands yeux : jamais il n'a vu des cordages aussi épais que ceux sagement enroulés sur le pont. Il n'y a ni winch ni manivelle nulle part.

Soudain, une épaisse nappe de brouillard se lève à nouveau de la mer et noie le pont, comme pour en masquer les détails.

Tout en suivant de près Fichu, Éric maugrée : « *Mousse*, Fleury m'a appelé *mousse*. Non mais, pour qui il se prend celui-là ? » Il n'a pas trimé neuf mois à l'école pour faire le remake des *Travailleurs de la mer* pendant ses vacances ! Et surtout sur un bateau qui ressemble à ceux exposés au musée de la Marine.

Assailli par le doute, il se dit que *Le Cavalier Volant* doit être un navire-école, comme il y en a tant. En plus, il a été invité, et un invité ce n'est pas un mousse, quand même ! Fleury n'oserait pas faire ça au fils de son père, gendarme de surcroît ! Quelqu'un de pas commode, très à cheval sur les principes et surtout sur la parole donnée.

« Non, pense le garçon, cette histoire de mousse, ça doit être une blague. Une farce de marins, comme envoyer son apprenti chercher le *marteau à bomber les vitres* est une plaisanterie des artisans du bois. Oui, ça doit être pour rire. »

À bâbord et à tribord émergent du brouillard des silhouettes trapues. Ce sont de vieux canons, cinq épais cylindres de bronze montés sur des carrés de chêne, avec des roulettes en fer fixées sur le châssis. Des canons d'un autre âge, sauf que là, ils ont l'air flambant neufs.

– C'est quoi ça ? demande Éric, s'adressant au dos de Fichu.

– Oh ça, tu sais, on en a quarante en tout... ricane le quartier-maître sans se retourner. On est parés pour tourner.

Tourner ? Mais alors, il s'agit d'un film en costume ? Pourquoi pas, ce pourrait être amusant ! Au moment où le garçon aimerait poser la question, le marin annonce :

– Voici le château de proue, en route pour l'entrepont !

Après la porte en chêne massif, un puits noir, garni d'un escalier casse-gueule, mène vers les tréfonds sombres du bateau.

Descendre les marches étroites, glissantes et faiblement éclairées, un sac sur l'épaule, ce n'est pas facile, d'autant plus que le bateau remue sans cesse. Éric dérape, rattrapé juste à temps par la poigne de fer de Fichu. Ce dernier saisit son sac et, comme s'il s'agissait d'un fétu de paille, le balance en bas, dans l'obscurité.

– Ça n'ira pas plus loin que le plancher... déclare Fichu d'un ton sarcastique.

« Non, mais, eh, ça va pas, ce n'est pas un ballon de foot, mon sac ! » voudrait protester Éric, mais une odeur infecte lui coupe le souffle.

Une odeur inimaginable, pire qu'un égout bouché. Mélange d'œufs pourris et de putréfaction salée, l'exhalaison prend à la gorge comme des mains d'étrangleur. Le garçon en a la nausée.

« Mais, ce n'est pas possible. Est-ce que ça fait

partie de la farce ? » se demande Éric, de moins en moins rassuré.

– Voici les communs de l'équipage, dit Fichu, levant sa lanterne à bout de bras.

La flamme vacillante éclaire une salle au plafond bas ; entre ombre et lumière, Éric devine des corps humains allongés sur des hamacs. Une couche de paille pourrie couvre le sol, des canons sont alignés la gueule contre les parois. Une émanation acide règne. Éric pense au frigo que ses parents avaient oublié de vider avant de partir en vacances. Ils avaient coupé le courant et à leur retour, en ouvrant la porte…

Son estomac se noue. Jamais il n'a eu le mal de mer, mais là, c'est terrible, pire que l'odeur du réfrigérateur… Il pâlit, la tête lui tourne.

– Voici le petit coin ! chantonne le marin en désignant un trou dans le plancher, d'où proviennent d'autres vapeurs immondes, encore plus écœurantes… Et voici ta cabine, mousse.

Le quartier-maître désigne de sa lanterne une porte de placard, que seul l'étroit couloir sépare du trou fétide.

– T'es gâté, toi. T'as droit au traitement de faveur du capitaine. Il t'a à la bonne, pour sûr !

Éric n'arrive même pas à répondre, il lutte contre la nausée, transpire. Fichu lui tourne le dos et disparaît, abandonnant le garçon dans une panique noire.

Ce n'est pas possible ! Dans une obscurité totale, Éric fouille à tâtons dans son sac à la recherche de la torche électrique. Il l'allume, ouvre la porte du placard et éclaire sa *cabine*...

C'est un réduit d'un mètre de large par un mètre cinquante de long et un mètre et demi de haut, sans hublot. À peine de quoi contenir la bannette moisie, noire de crasse et grouillante de cafards, qui gît tristement au sol. Tandis qu'Éric, médusé, examine le lieu, un gros rat, dérangé par la lumière, surgit de la paille immonde qui couvre le sol et s'enfuit en frôlant les jambes de l'adolescent.

« Ah, non ! décide Éric, la farce va trop loin. Je ne vais pas dormir dans ce trou de cauchemar. C'est... c'est atroce. Tournage de film historique ou pas, je me tire de ce bateau-poubelle ! Quand mon père va apprendre ça, on va bien rire... D'ailleurs, je vais l'appeler dès maintenant pour lui annoncer que je rentre aujourd'hui même. »

Il sort son portable, compose le numéro... Rien. Ni signal ni allumage. Pourtant, il a rechargé la batterie juste avant de partir et n'a pas utilisé son téléphone depuis. Cet imbécile de Fichu a dû le casser, lorsqu'il a balancé le sac du haut de l'escalier. Ou alors il faut peut-être l'essayer depuis le pont.

« Ils vont m'entendre, ces deux rigolos-là ! »

Éric se bouche le nez avec un mouchoir en papier, reprend son baluchon et se dirige vers l'escalier qui mène au pont. Il hésite, ne sachant plus trop quelle direction prendre. Il remarque soudain que le navire tangue beaucoup plus que lors de son arrivée.

Pourvu que... Les palpitations de son cœur s'accélèrent. « Pourvu qu'on ne soit pas sortis du port ! »

Sa lampe perce les ténèbres humides. Éric pose un pied sur la première marche d'un escalier qu'il espère être le bon, lorsqu'une main, couverte de croûtes noirâtres, surgit brusquement de l'ombre et l'agrippe par la manche de son K-Way.

Mort de trouille, Éric se retourne. Lentement, il fait remonter le faisceau de la lumière le long du bras jusqu'à découvrir un homme squelettique, aux yeux rouges et purulents, une épave humaine au-delà de la saleté.

– Manger… fiston, t'as rien à manger ? demande une voix dans un râle d'agonisant.

– À manger ?

– On a faim… Depuis trois jours on n'a rien, on s'arrange avec les rats…

Éric le regarde, horrifié. Il a suivi des cours de secourisme, et il se rend bien compte que cet homme ne joue pas la comédie : il est réellement mal en point. Comment, à l'aube du troisième millénaire, un être humain peut-il se trouver dans cet état ?

Le garçon extrait de son sac une barre chocolatée aux noisettes et aux raisins et la donne au marin, qui la tourne et la retourne entre ses doigts. Il la hume, l'approche, l'air étonné, de ses yeux chassieux, comme si c'était la première fois qu'il en voyait une.

« C'est un débile, ou quoi ? » se demande Éric en reprenant le chocolat.

Il déchire l'emballage et lui tend une nouvelle fois la barre. Le misérable ouvre sa bouche édentée, y fourre la tablette, puis commence à mâchouiller comme il le peut.

Une expression de plaisir se peint alors sur son visage. Au même moment, d'autres mains cauchemardesques sortent des ténèbres, agrippent l'homme et le tirent à l'intérieur de la salle. Des bruits confus, mélange de gémissements, d'imprécations et de coups, retentissent.

Effaré, Éric monte l'escalier à reculons tout en se forçant à respirer normalement.

« Ne pas s'affoler, quitter l'endroit. Se barrer. Ne pas céder à la trouille. »

En haut des marches, la porte est fermée. Il essaie de la pousser. Rien à faire, elle ne bouge pas d'une once.

En bas, les hommes ont cessé de se battre. Éric perçoit des murmures.

– Il est là-haut.

– C'est le protégé du capitaine.

– M'en fous. Il est jeune et en pleine forme. Il a à bouffer, lui.

Éric commence à perdre la raison. Il cogne énergiquement contre la porte qui résiste. Il pousse de toutes ses forces, et au moment où une main allait l'attraper aux chevilles, la porte s'ouvre subitement.

Le garçon roule sur le pont, se relève et claque la porte derrière lui. Il avise un tonneau et le roule, non sans difficulté, devant l'entrée. Puis il se laisse tomber sur le sol.

Ahhh, de l'oxygène ! Respirer l'air pur, le parfum du sel, de l'iode… Un soleil implacable règne dans un ciel bleu d'acier. Ébloui par la lumière, Éric ferme les yeux. Pendant une seconde, il oublie où il se trouve. Comme elle est agréable cette brise, sans brume ni odeur de pourri !

D'un bond, il se relève et regarde autour de lui… Bâbord, tribord, poupe, proue, il n'y a que la mer, plus aucune terre à l'horizon.

Le bateau vogue. Les mâts noirs portent des voiles rouges déployées comme les flammes d'un bûcher. L'apprenti marin consulte sa montre : un quart d'heure à peine s'est écoulé depuis qu'il est monté à bord. Comment se fait-il que la côte ne soit plus en vue après si peu de temps ? Un sanglot coincé dans la gorge, il traverse le pont désert, file vers l'arrière du navire. Deux escaliers en bois ouvragé, style Versailles, encadrent une porte en fer, peinte en noir. Un imposant fouillis de dorures orne la sculpture représentant Neptune qui mène son char marin sur une mer échevelée. Détail curieux, le dieu romain a des petites cornes sur la tête, et ses yeux de verre brillent au soleil.

Éric monte le long de la rampe de droite et arrive en haut du château de poupe. Une imposante barre à roue trône au centre. Pas de pilote... La roue, enchaînée de chaque côté, ne bouge pas. Les chaînes sont énormes et rouillées.

– C'est un asile psychiatrique, pas un bateau ! crie le garçon, paniqué.

Il redescend et frappe à coups de pied contre la porte en fer. Après un temps qui lui paraît très long, elle s'ouvre sur Fichu, l'air mauvais. Éric attaque tout de suite :

– Écoutez, je viens d'avoir mon père au téléphone, je suis désolé, mais il faut que je débarque.

Le quartier-maître n'a pas l'air de comprendre. L'adolescent s'énerve.

– IL FAUT ME DÉBARQUER TOUT DE SUITE, c'est une urgence ! Faites demi-tour, ramenez-moi à Saint-Malo... Si vous ne comprenez pas, appelez le capitaine Fleury.

Une étincelle de clairvoyance brille dans les

yeux de Fichu. Il se tourne vers l'intérieur de la cabine et crie :

– Capitaine, le mousse veut débarquer !

Un rire tonitruant éclate dans le noir.

– Donne-lui quinze coups de fouet, tu verras, il va changer d'avis !

Éric hurle à l'adresse du capitaine invisible :

– Quinze ou cent, c'est pas la question. Je dois débarquer. Ramenez-moi à terre, un point c'est tout, sinon vous aurez affaire à mon père !

La voix de Fleury, soudainement sérieuse, répond :

– Mutinerie ? Menaces ? Trois tours de quille, alors.

Fichu attrape le garçon par les cheveux. Éric se défend en lui envoyant un coup de pied dans le tibia. Il parvient à se libérer et se met à courir. En face de lui, les hommes qu'il avait cru enfermer dans la cale lui barrent la route.

Que faire ? Où aller ? Aucun endroit pour se cacher. Il aperçoit la chaloupe suspendue dans le vide par ses cordages. Il balance son sac dedans. Les pirates n'en croient pas leurs yeux : le petit mousse qui se fait la malle !

Pas le temps de défaire les nœuds des cordages. Avec son couteau suisse, il commence à trancher les câbles. Le quartier-maître, reprenant ses esprits, s'époumone :

– Attrapez-moi ce saligaud ! Je veux le voir se balancer en haut de la grande vergue !

Trop tard, les amarres filent, tirent une fumée

bleutée du banc de nage, râpent les mains du garçon. La chaloupe heurte violemment l'eau.

La terreur décuple les forces d'Éric. Il appuie de tout son poids sur les lourds avirons et rame, rame, tandis que *Le Cavalier Volant*, poussé par le vent, s'éloigne lentement en direction opposée.

À chaque mètre de gagné, le jeune marin a l'impression de revivre. Au loin, le bateau fourmille d'action. Des hommes montent aux mâts. Il entend encore les beuglements de Fichu.

Après un moment, Éric, les mains ensanglantées, hisse la petite voile de la chaloupe et vogue, s'éloignant toujours un peu plus du *Cavalier Volant*.

– Je finirai bien par la voir, cette terre ! Un quart d'heure, une demi-heure au plus de navigation sur le bateau, ça doit être à peu près équivalent à une ou deux heures sur cette barque.

Il allume de nouveau son téléphone. Bizarre, toujours aucun signal. De dépit, il se concentre sur la navigation, essayant de mettre à profit ses connaissances en voile. Éric ne veut surtout pas penser à l'horreur à laquelle il vient d'échapper. Il regarde derrière lui avec ses jumelles : *Le Cavalier Volant* a disparu. Ouf !

Le ciel est bleu, l'eau est verte et transparente, la brise est bonne, des poissons volants tombent dans l'embarcation, qui file bon train, couchée tribord. Lorsque tout cela sera terminé, ce sera une belle aventure à raconter ! Éric imagine son père lancer une enquête sur ce bateau où on laisse des marins mourir de faim.

Après un moment, le garçon finit par douter de ce qu'il vient de vivre. Comment pourrait-on le croire ? N'a-t-il pas rêvé ? Est-il en train de devenir fou ? Toujours pas de côtes en vue. De moins en moins rassuré, il parcourt l'horizon désert. À travers ses jumelles, il lui semble voir des mâts en direction du sud. Mais c'est si loin qu'il pourrait tout aussi bien s'agir de crêtes de vagues un peu plus hautes.

Tout en barrant, Éric regarde la mer. Des ailerons bleutés surgissent dans son sillage. Des requins ? Mais voyons, il n'y a pas de requins à Saint-Malo… comme il n'y a pas non plus de poissons volants ! Mais les squales sont là, sans l'ombre d'un doute, ondulant dans l'eau cristalline. L'un des trois, énorme, a le dos couvert de coquillages. Il est suivi par trois carangues aux flancs argentés et un gros rémora est fixé sur son dos.

Le garçon se sent de plus en plus perdu.

Il navigue apparemment dans les eaux tropicales… Mais ce n'est pas possible… La chaloupe est pourtant bien réelle, comme les douleurs qu'il ressent là où il s'est cogné lors du sauve-qui-peut. Pour la première fois, il remarque, en haut du mât de la barque, un petit drapeau noir avec une tête de mort peinte en blanc. Mais qu'est-ce que c'est que ça ? Éric est sûr que ce pavillon n'y était pas lorsqu'il a hissé les voiles…

Une détonation interrompt ses pensées. La colonne d'eau qui surgit de la mer le mouille de la tête aux pieds. Un bateau, qui arrive sur tribord, est en train de le canonner. Éric écarquille les yeux.

Ce n'est pas *Le Cavalier Volant*, ce bâtiment est beaucoup plus massif ! Sur ses mâts flottent de grands drapeaux rouges, ornés d'une croix blanche. Le mousse fugitif reconnaît un galion espagnol, semblable à ceux qu'il a vus dans des films et sur les illustrations de livres d'histoire.

Il change de cap juste à temps pour éviter une bordée de boulets et de mitraille, tandis que résonne au loin le bruit infernal des détonations. Il transpire à grosses gouttes. C'est la première fois qu'on veut l'assassiner. Il se sent tout fragile, victime d'une immense injustice.

C'est ça la guerre ? Tuer pour rien ? C'est quoi cette histoire ? Des bateaux datant de Mathusalem qui utilisent des armes obsolètes, mais parfaitement capables de tuer, à notre époque ?

Pris de vertige, Éric a du mal à comprendre. Est-il tombé dans un trou spatio-temporel ? Que fait ce galion au large de Saint-Malo ? Un sifflement sinistre lui vrille les tympans. BOUM ! CRACK ! Deux boulets de canon, reliés par une chaîne, fauchent le mât quelques centimètres au-dessus de sa tête. Sa chaloupe ralentit, s'arrête, se balançant au gré des vagues.

Sur le galion, accoudés au bastingage ou perchés dans les mâts, des marins lâchent sur lui un feu nourri de pistolets. Des plombs et même des cailloux labourent l'eau tout autour, font sauter des échardes de bois ou s'incrustent dans la carcasse de la barque.

Allongé à plat ventre sur le fond de son embarcation, se protégeant tant bien que mal avec les épais bancs de nage, Éric sent son dernier instant arriver.

Que faire en pareille circonstance ? Il pense à ses parents et, curieusement, à ces plaisanciers qui discutaient sur le quai, à Saint-Malo. Comme ce moment semble loin ! C'est un assassinat transtemporel, voilà tout, et il n'y a pas de police pour le protéger.

Sa barque commence à prendre l'eau, percée en plusieurs endroits. Couler ici ? Avec les requins ? « Je dois me rendre ! pense-t-il. Mieux vaut être sur un navire espagnol que finir ici en pleine mer, oublié de tous et en petits morceaux ! »

Il fouille dans son sac, sort un mouchoir, repassé à la perfection par maman et parfumé à la lavande, le fixe sur le manche d'une rame et l'agite. Miracle ! Le feu s'arrête brusquement.

Éric hasarde un coup d'œil sur le galion. Il y règne une grande effervescence : des hommes courent dans tous les sens sur le pont, d'autres grimpent aux mâts. Le navire des rois d'Espagne manœuvre soudainement, comme pour s'éloigner de la chaloupe. Eh bien, Éric n'aurait jamais pensé qu'agiter un mouchoir pouvait produire un tel effet !

Tout à coup, un tonnerre assourdissant lui

meurtrit les tympans, l'odeur âcre de la poudre le fait tousser, une épaisse fumée se répand sur la mer…

Éric, terrifié, se retourne. Mais cette salve ne lui est pas adressée ! À une centaine de mètres derrière sa chaloupe, *Le Cavalier Volant* apparaît subitement, crachant fer et fumée sur le galion. Et quel feu !

Malgré sa peur, le garçon ne peut s'empêcher d'admirer le spectacle. *Le Cavalier Volant* tire des bords et positionne à tour de rôle son côté bâbord ou son côté tribord face à l'ennemi. Quinze canons à la fois crachent le feu dans un fracas ininterrompu.

Sous la canonnade, les mâts du galion tombent un par un, son château arrière, troué comme un gruyère, prend feu. *Le Cavalier Volant* continue d'avancer sur le navire espagnol. Sur son mât le plus haut, le jeune homme distingue un pavillon noir, orné d'un crâne et de deux tibias, qui claque au vent. Le même que portait, mais en plus petit, le mât de la chaloupe ! Avant que la fumée ne l'ait entièrement enveloppé, Éric voit la proue du *Cavalier Volant* s'encastrer, dans un fracas de fin du monde, dans le ventre pansu du galion.

Les canons se sont tus. À travers l'épais rideau de fumée noire, Éric assiste à une scène de cauchemar, tandis que des salves de pistolets, des hurlements déments, des cris de détresse lui parviennent aux oreilles.

Que faire ? Fuir, c'est certain.

Le jeune marin, oubliant ses mains blessées, se remet aux avirons et rame désespérément en s'éloignant du champ de bataille. Le vent et le courant lui sont propices. Un quart d'heure plus tard, en parcourant la mer avec ses jumelles, il voit un point noir sur l'horizon : les deux bateaux encastrés.

Éric, éreinté, s'arrête de ramer. Plus de bateaux sur la mer, mais toujours pas de terre en vue.

Il peut enfin souffler. Il sort de son sac des barres de chocolat et une bouteille d'eau. De quoi manger et boire aujourd'hui. Mais demain, qu'adviendra-t-il ?

Le soleil est brûlant, et la mer, lorsqu'il plonge sa main dedans, est tiède.

« Où suis-je ? » Éric sait pertinemment que l'eau de la Manche n'est pas chaude, même en plein été. Et le coucher de soleil qui s'annonce n'a pas du tout l'allure qu'il devrait avoir. Des poissons volants continuent de tomber dans la chaloupe.

Le garçon sort du sac sa boussole et son compas. Il sait relever sa position, et attend que le soleil soit bas sur l'horizon. Une fois le point noté, il consulte son manuel de navigation. Selon ses calculs, il se trouve à 49° 30 de latitude nord et à 3° de longitude ouest, c'est-à-dire toujours dans le golfe de Saint-Malo, à environ cinquante kilomètres de la côte la plus proche.

– Si je rame sud-est, je ne peux pas rater la côte.

Mais ses mains sont hors d'usage. Alors, avec ce qu'il reste de la voile et à l'aide d'un des avirons,

Éric bricole un mât de fortune. Une petite brise le pousse dans la direction voulue. La nuit tombe, il fait noir, et la lumière des étoiles n'est pas suffisante pour éclairer la mer. Éric calcule à nouveau sa position avec son compas, éclairé par une pile. Un gadget, avait dit son père, mais combien utile dans une telle circonstance !

« Il ne faut pas que je m'endorme, pense Éric. Il ne faut pas que je m'endorme... »

Il ferme les yeux et s'endort.

Brusquement, la chaloupe bute contre un obstacle. Éric, projeté en avant, ne voit rien, car la lune ne s'est pas encore levée. Terre ?

Une puanteur affreuse lui tord l'estomac.

Puis la lumière sinistre d'une lampe tempête éclaire l'embarcation.

– Tiens, monsieur le saligaud de mousse est de retour avec la chaloupe volée ! gronde la voix de Fichu. Des mains de fer l'arrachent de la barque, lui enroulent une aussière autour des chevilles et attachent ses poignets à son sac.

– Mutinerie, vol et dommages à la chaloupe du capitaine, dix tours de quille !

Éric se sent transporté vers le haut, puis jeté dans le vide. La mer se referme sur lui, son sac le tire vers le fond, l'aussière vers le haut, les coquillages affûtés qui couvrent la coque du *Cavalier Volant* lui infligent des coupures à travers ses habits. L'eau glacée l'étouffe. Glacée ? Elle était chaude tout à l'heure...

Un requin gigantesque émerge du néant des profondeurs. La gueule ouverte se referme sur la jambe droite d'Éric, la sectionnant net.

La sonnerie d'un portable retentit.

Éric se lève d'un bond. Il est trempé. Son sac dérive un peu plus loin. Le téléphone continue à sonner. Il se jette sur le sac, fouille et saisit le combiné.

– Allô ?

– Éric ? Salut, c'est Joseph Fleury, ton oncle. Je m'inquiète un peu, tu devais être là vers midi !

Le garçon met un long moment pour retrouver ses esprits.

« Fleury ? Midi ? » Il patauge lamentablement dans les vagues. Il commence à réaliser : il est 16 heures et cela fait quatre heures qu'il dort sur la plage non loin des murailles de Saint-Malo. La marée montante l'a surpris, inondé.

Tout cela n'était donc qu'un rêve !

À l'autre bout du fil, son oncle continue à discourir :

– Tu verras, tu ne peux pas manquer *Le Cavalier Volant*. C'est un vieux gréement. Pour faire couleur locale, j'ai mis un pavillon pirate sur le mât. À tout de suite !

Biographies

Un os dans le rosbif

de Barbara Castello et Pascal Deloche
illustré par Bruno Bazile

Barbara Castello et Pascal Deloche

Globe-trotters des mots et des images, ils parcourent le monde depuis plus de quinze ans et publient leurs récits en France et en Europe. Journaliste pour la première, reporter photographe pour le second, ils écrivent à quatre mains la plupart de leurs textes. Pascal Deloche a créé et écrit la série *Médecins de l'impossible* chez Hachette Jeunesse (Bibliothèque verte).

Bruno Bazile

Il dessine pour la publicité, la presse enfantine et illustre des romans jusqu'à ce que Dargaud le fasse entrer dans la bande dessinée avec la série *Forell et fils* (scénario de Michel Plessix). Son dessin, entre ligne claire et réalisme, est d'une lisibilité frappante.

Biographies

Le rire du géant

de Patrick Grainville
illustré par Marc Bourgne

Patrick Grainville

Romancier, auteur de nombreux ouvrages, il a reçu le Prix Goncourt en 1976 pour *Les Flamboyants*. Il est l'auteur de plusieurs romans pour la jeunesse.

Marc Bourgne

Après avoir enseigné l'histoire et la géographie, il se lance dans la bande dessinée avec *Être libre*. En 1998, les Éditions Dargaud lui confient la reprise de l'une de leurs plus mythiques séries, *Barbe Rouge*, sur un scénario de Christian Perrissin. Il prépare en outre une série policière pour Glénat.

Biographies

Vaisseau pirate

d'Emmanuel Viau
illustré par Victor de la Fuente

Emmanuel Viau

Il se passionne pour la science-fiction, les jeux et la musique. Quand il ne lit pas, il est journaliste à *Je Bouquine* et écrit des histoires pour la jeunesse. Son rêve serait de jouer en concert sur la Lune, sur Mars ou même en dehors du système solaire...

Victor de la Fuente

Considéré par ses pairs comme l'un des plus grands dessinateurs réalistes, il compte parmi ses œuvres les plus célèbres *Haxtur*, *Sunday* et *Mathai-Dor*, qui ont précédé *L'Histoire de France en BD, La Bible, Haggarth* et *Les Gringos.*

Biographies

La nuit pirate

d'Émile Desfeux
illustré par Daniel Redondo

Émile Desfeux

Il a pratiqué la plupart des métiers, d'assistant universitaire à marin, en passant par la fabrication de zython (bière des pharaons à base d'orge germée)... Il s'est ensuite essayé au métier d'écrivain, et sous différents pseudonymes, a œuvré pour la télévision, la radio, la presse, la littérature et lui-même.

Daniel Redondo

De sa rencontre avec le scénariste Harriet sont nés les personnages de Yann et Mirka. Ensemble, ils se lancent dans une série d'aventures historiques : *La marque de la sorcière*. Avec le scénariste Christian Perrissin, il a inventé une jeunesse au démon des Caraïbes : *L'Impitoyable Barbe Rouge*.

Biographies

Les pirates d'eau douce

de Pascal Deloche et Barbara Castello
illustré par Dominique Rousseau

Pascal Deloche et Barbara Castello

Globe-trotters des mots et des images, ils parcourent le monde depuis plus de quinze ans et publient leurs récits en France et en Europe. Reporter photographe pour le premier, journaliste pour la seconde, ils écrivent à quatre mains la plupart de leurs textes. Pascal Deloche a créé et écrit la série *Médecins de l'impossible* chez Hachette Jeunesse (Bibliothèque verte).

Dominique Rousseau

Il a étudié le cinéma, joué dans des groupes de jazz et interprété différents rôles au théâtre. Il fait ses débuts dans la bande dessinée en 1978 dans *BD hebdo* puis *Charlie Mensuel*. Dessinateur de *Condor* chez Dargaud, il collabore régulièrement à la revue *Je Bouquine*. Il anime des ateliers et des stages pour enfants et adultes autour de la bande dessinée.

Biographies

La flibuste

d'Émile Desfeux
illustré par André Benn

Émile Desfeux

Il a pratiqué la plupart des métiers, d'assistant universitaire à marin, en passant par la fabrication de zython (bière des pharaons à base d'orge germée)... Il s'est ensuite essayé au métier d'écrivain, et sous différents pseudonymes, a œuvré pour la télévision, la radio, la presse, la littérature et lui-même.

André Benn

Dessinateur et scénariste, il illustre, en collaboration avec Vicq, *Les Aventures de Tom Applepie*. Il crée avec Desberg le personnage de Mic Mac Adam. Entre 1987 et 1990, il adapte un polar de Pierre Siniac et réalise le roman-BD, *Elmer et moi*. Entre 1990 et 1998, il reçoit de nombreux prix pour ses travaux et initie une nouvelle série, *Woogee*.